舒国治 著

理想的下午

关于旅行
也关于晃荡

In the Mood
for
Good Afternoon

中国 友谊出版公司

图书在版编目（CIP）数据

理想的下午：关于旅行也关于晃荡/舒国治著.——
北京：中国友谊出版公司，2023.7
ISBN 978-7-5057-5473-7

Ⅰ.①理… Ⅱ.①舒… Ⅲ.①散文集－中国－当代
Ⅳ.①I267

中国版本图书馆CIP数据核字（2022）第079681号

著作权合同登记号　图字：01-2022-3511

本著作物经北京时代墨客文化传媒有限公司代理，由作者舒国治
独家授权，在中国大陆出版、发行中文简体字版本。

书名	理想的下午：关于旅行也关于晃荡
作者	舒国治
出版	中国友谊出版公司
发行	中国友谊出版公司
经销	北京时代华语国际传媒股份有限公司　010-83670231
印刷	北京盛通印刷股份有限公司
规格	787×1092毫米　32开
	8.75印张　　112千字
版次	2023年7月第1版
印次	2023年7月第1次印刷
书号	ISBN 978-7-5057-5473-7
定价	68.00元
地址	北京市朝阳区西坝河南里17号楼
邮编	100028
电话	（010）64678009

但少闲人

"若选择住，我不会选纽约……最主要的是它太抽象……我常想，有人喜欢它，便因它抽象；这是纽约了得之处，太多的城市做不到它这点。而我，还没学会喜欢抽象。"

"日本是气氛之国，无怪世界各国的人皆不能不惊迷于它。"

"英国的全境，只得萧简一字。而古往今来英国人无不以之为美，以之为德；安于其中，乐在其中。"

除了舒国治，我想不出还有谁能简简单单地只用两个字就这么精准地写出纽约的抽象、日本的气氛，以及英国的萧简。早在十四年前，我就领教过他这过人的本事了。那年香港快要回归，他正预备写一本谈香港的书（但始终没有完成），于是我请他到家里夜聊，向我这个土生土长的香港人形容一下他所知道的香港。没想到他竟然把这片我们传统上习称为"福地"的城市形容为"穷山恶水"。"由于没有多少平地，他们总要在那么弯曲狭窄的水道旁边盖楼，这些楼一面紧贴被人工铲平削尖的山丘，另一面就是曲折的海岸了，这么险要的地势，竟然就住了这么多人。"
我不得不承认，他说得很对。从这个角度看来，香港的确
很像一座拥挤的边塞城市，住满了无路可逃的人，此处已
是天涯海角，再往前走就是陆秀夫负主投海的怒洋了。这，
如何不是"穷山恶水"？

　　舒国治眼光锐利，甚至可以说是毒，否则又怎能如此
独到又如此准确地掌握一个地方的特质呢？可是你千万别
以为他是那种秃顶冷沉、漠观世情的思想家。不，他高高
瘦瘦，走起路来像风一般迅捷，十分清爽，而且常带笑容，
随处安然。他不介意和朋友在高档的餐馆里畅饮高价葡萄
酒，但他自己的生活在许多都市人看来却远远算不上舒适。
住在溽热的台北，他竟然坚持不装冷气，家里也没有任何
多余的东西，例如电视。就像他在《十全老人》里所说的，
他的理想生活是"容身于瓦顶泥墙房舍中，一楼二楼不碍，
不乘电梯，不求在家中登高望景，顾盼纵目"，"穿衣唯布。
夏着单衫，冬则棉袍……件数稀少，常换常涤，不唯够用，
亦便贮放。不占家中箱柜，正令居室空净，心不寄事也"。
基于同样的原则，"听戏曲或音乐，多在现场，且远久一赴，
不需令余音萦绕耳际，久系心胸。家中未必备唱器唱片，
一如不甚备书籍同义，使令暗合家徒四壁之至理也"。

"家徒四壁"，这是何等的好品位，何等的好生活？今天老把"奢华""尊贵"挂在嘴边之辈，恐怕还要再过十多年才能领略其中意趣。

我不想说太多舒国治这个人的事，我想谈的其实是他的文章。只是他的为人为文无法不让我想起"文如其人"这句老话，所以言其文就不得不从他的行止风范谈起了。可是，经过现代文学理论的洗礼，人人皆知作者已死，"文如其人"早就是老掉牙的过时神话了，为什么我还要用它去概括一位作家的书写呢？那是因为舒国治的散文原就给人一种古老的感觉。你看，许多年轻读者不都说"舒哥的作品不像是现代人写的"吗？正由于其古老，他才能迷倒一众台湾读者，成为十年来很受欢迎的散文家。

舒国治的古老，或许在他行文的韵律节奏，也在他用字的选择，比如："波罗的海上散列的成千岛屿，将斯德哥尔摩附近的水面全匀摆得波平如镜，如同无限延伸的大湖，大多时候，津浦无人，桅樯参差，云接寒野，澹烟微茫，间有一阵啼鸦。岛上的村落，霜浓路滑，偶见稀疏的沃尔沃（volvo）车灯蜿蜒游过。"

然而，正如volvo这个洋文所提示的，舒国治究竟是位受过洋化教育、见过世面的现代人。二十世纪八十年代，他趁着心里头仍抱一股嬉皮余风，独自浪游美国，按图索骥，从一个小镇走到另一个小镇，每至一处便打点零工，攒点小钱，住得差不多了便再收拾行囊上路。此前，他本是台湾文坛的新星，以一篇小说《村人遇难记》赢得无数前辈惊异。而他居然放弃了自己的"前途"，忽然从大家的视线中彻底消失。

等他回来，舒国治已经渐渐变成另一个人了。虽然他偶尔还会写下这样的句子："她微低着头，眼睛视线不经意地落在前下方的地面，轻闭着唇，有时甚而把眼皮也合上一阵子，随着车行的颠簸，身躯也时而稍显移晃。""文艺"得很像当年那位深具现代主义色彩的小说家。他甚至不忌"破坏性"和其他各种这个"性"那个"性"的西化造词。但是，大家却发现，就整体而言，从美国回来之后的舒国治竟然变得更古老。

因为他居然以散文为业，而且是一种很不时髦的散文。

散文原是老的，它快老到被人遗忘的地步（难怪我曾见过有些年轻人会批评某某某不写小说不写诗，所以不算作家。可见在他们看来，就连周作人、林语堂和梁实秋的作家地位也变得很可疑了）。当然，散文还是存在的，就文体而言，它甚至是最常见、最普及的，小至一条手机短信，大至一份公文，皆可归入广义散文的范畴。正因其常见普及，散文遂成了一种最不"文学"，也（看起来）最不必经营的文类。比起诗、小说与戏剧，散文少了一份造作，自然得有如呼吸饮水，凡常而琐碎。

我猜测这便是今日杂文家日多而散文家日少的原因了。在我们的期待里头，杂文应该写得机巧睿智，处处锋芒；它的经营痕迹是鲜明可见的，它给读者的感受是爽快直接的。更要紧的，是它往往夹带议论；所谓"有思想"，所谓"以小观大"，皆与杂文的议论功能有关。相比之下，传统散文未免显得太过平淡，花草虫鱼之属的内容也未免太没深度。于是"美文"就兴起了，仿佛不经一轮斧凿，一番浓辞艳饰的堆砌，散文的"文学性"就显不出来。于是"文化大散文"就抬头了，似乎不发一声文明千年的哀叹，不怀"国破山河在"之思古幽情，散文就不够"深刻"。这么重的口味就好比现时流行的川菜（尤其是那些劣品），吃得太多，你就再也尝不出一口碧绿小黄瓜的鲜脆真味了；见到一尾活生生的黄鱼，你也只能想象它铺满红料躺在炙火上的模样。

就是在这个意义上，我说舒国治的散文古老。你看他有多无聊，居然用一整篇文章去写赖床，而且还要讨论赖床怎样才算赖得好："要赖床赖得好，常在于赖任何事赖得好。亦即，要能待停深久。譬如过日子，过一天就要像长长足足地过它一天，而不是过很多的分，过很多的秒。"然后他还能分辨一个人是不是赖床的人，因为"早年的赖床，亦可能凝熔为后日的深情。哪怕这深情未必见恤于良人、得识于世道"。"端详有的脸，可以猜想此人已有长时没赖床了。也有的脸，像是一辈子不曾赖过床。赖过床的脸，比较有一番怡然自得之态，像是似有所寄、似有所遥想，却又不甚费力的那种遥想。"也许是我见识不广，但我的确好久没见过有人这么认真地去写"赖床"这样的题目了，如斯细碎，如斯的无有意义。而且他不故作幽默，没有埋伏一句引人惊叹、叫人发噱的 punch line（妙语）；也不联系什么名人伟业，没有扯出什么赖床赖出太平盛世的大道理。他就只是老老实实地写赖床："我没装电话时，赖床赖得多些。父母在时，赖得可能更多。故为人父母者，应不催促小孩，由其肆意赖床。"

舒国治的散文更不是一般意义的"美文"，尽管它的确与"审美"（aesthetics）有关。这种审美是某种感官能力的开启，常如灵光一闪，以清简的文字短暂地照亮俗常世界之一隅，就像《哈利·波特》里面那"国王十字车站"里多出来的一个站台，一般人是看不见的，唯待魔法师随手一挥，它才赫然敞现。可是那个站台却示现得稳稳当当、平平无奇，仿佛早已在此，良久良久；而你之前明明看不到它，等到见着了，竟也不太讶异，觉得一切尽皆合理、凡事本当如是，只是自己一时大意，过去才会对它视而不见。

这便是专属散文的独特美学了，不像诗，它不会剧烈扭转观看事物的角度，使得宇宙万象变得既陌生又奇兀；相反的，散文总是稀松平常，就算说出了点你想都没想过的道理，你也忍不住要点头认同，"是啊，事情本来就是这个样子"，似乎你很久以前也曾想到过这一点，只是不知怎的却把它给忘了。

就拿苏轼那篇脍炙人口的《记承天寺夜游》来说吧，全文不过百字，你说它讲了什么大道理呢？没有。你看它的修辞用字很华丽吗？也不。但大家硬是觉得它美，硬是要把它看成中国小品文的精粹。为什么？因为它好像说了很多，实际上却又什么都没说过。正是"何夜无月，何处无竹柏"，月夜、竹柏有谁没见过呢？问题只在于"但少闲人如吾两人者耳"。所以散文的审美与散文家的想象力是与众不同的，他用不着像诗人那样祈灵缪斯，好在眉心修炼出一只魔眼；也用不着如小说家那般闭户向壁，苦筑一座不存在的蜃楼。他只需要闲下来一些，便见"庭下如积水空明"；然后再闲一些，便能将这很多人也许都曾看过但又不复记忆的景象写下来。他不该太费力气，也不可太着痕迹，轻轻一拭，那蒙灰的镜片方能顿时明朗，令人感到眼前万事依旧，可自己就是比往常看多了些什么。

出入尘世而不滞着，故闲人如舒国治者才能道出树木与房舍的本来面目："再怎么壁垒雄奇的古城，也需有扶疏掩映的街树，以柔缓人的眼界，以渐次遮藏它枝叶后的另一股轩昂器宇，予人那份'不尽'之感。"在这种目光的观照底下，就连下午的阵雨也意外的可喜："理想的下午，要有理想的阵雨。霎时雷电交加，雨点倾落，人竟然措手不及，不知所是。然理想的阵雨，要有理想的遮棚，可在其下避上一阵。最好是茶棚，趁机喝碗热茶，驱一驱浮汗，抹一抹鼻尖浮油……俄顷雨停，一洗天青，人从檐下走出，何其美好的感觉。"而你却不觉这是故作怪论，强替阵雨说好话，反倒勾起了你记忆中的经历，去其狼狈，存其真趣，自己在心里细细印证他这番话的味道。

由于散文这种独特的审美面向太过贴近现实，不是这种心境，不是这种性情，便很难真切地写出这种稍稍偏移出现实的现实，所以"文如其人"的古训最能适用在散文家身上。我见过诗人很不"像"他的诗，更常见到小说家不"像"他的小说，却从未见过有散文家不像他的散文的。所以张中行就像张中行，余秋雨就像余秋雨，龙应台就像龙应台；舒国治，他的人就走在他自己的文字里，闲散淡泊，品位独具。我知道有些大陆读者看到这里就已经忍不住要说"这种品位很小资"了，他大概看了太多流行时下的广告，也大概太过年轻，遂将态度的悠闲与生活的讲究生硬地等同于"小资"，乃至于忘记了中国散文的古老传统，忽视了消费乔装以外的做人美学。

上一回在北京见到舒国治，我问他接下来会去哪里玩，不料他答道："河南陈家沟。"我没听过有人会去那里旅游，非常好奇，接着他便解释："陈家沟是陈氏太极的发源地，我想去看看。"我知道他不打拳，也不迷武术，他真正的理由可能就只是"想去看看"而已。不用再问，我就晓得他一定会先坐硬卧火车，听人家夜里喝茶、聊天、嗑瓜子；再乘大巴，隔窗观看道旁推车的老汉；眼皮稍倦，就合上小睡一会儿。等到一觉醒来，说不定便是陈家沟了。至于他回来之后会不会写篇文章记记那里的风土人情呢？也许会，也许不会，但这又有什么要紧的呢。

梁文道

新版自序

转眼二十年了。

《理想的下午》出版于2000年，可以说是我的第一本散文集子。在此之前，虽出过1982年的《读金庸偶得》与1997年的《台湾重游》；但前者是为评论金庸武侠专写之书，后者也是为郑在东同名画展特别专题写成，所以散文结成集子的，《理想的下午》还真是第一本。

这本散文集子，二十年后想起，于我的写作生涯，颇有可以一说者。

自二十世纪七十年代开始胡乱写些东西，投到报上，但却一直没把作家一业当作职志。在1999年《中国时报·人间副刊》邀我每周写《三少四壮集》专栏，这是由七个人组成的专栏群，每人每周写一篇的工作。就这样，从1999年5月写到2000年的5月。

一年中，每星期见报，遂受到蛮多人的注意。终于有一位年轻的编辑联系上我了。当谈到书名时，我立刻说就用"理想的下午"吧。这是有原因的。

当《三少四壮集》每周四刊我文章时，那时在伦敦深造的年轻学者黄俊尧伉俪，他们也每星期四读，读后自己好玩打分数，于是某某篇三颗星，某某篇四颗星，居然在《理想的下午》那篇下头打了五颗星。我心想，这篇是当时交稿前最想不出要写什么东西，正在焦急该挤出什么，翻着自己平日写在本子上的小字小句，其中有一页是："理想的下午，要有……。理想的下午，应该……。理想的下午，何不……。理想的下午，实在别浪费在……。"这样的完全只是随手写下的零零散散的句子。后来干脆就着这些起头，就匆匆把它写成一篇小文，赶紧交了出去。

这例子，让我更明白了一事，便是急就章也能逼出有趣的作品。第二点，许多看似不经意的"心思之流注"，如我在本子上随手记下的起头，常是你心底深处原本就想好好要有朝一日来发挥的好念头。第三点，你不怎么当作一回事的东西，市场往往很喜欢也说不一定。

当然，不用迎合市场。但也不宜和市场争辩。

《三少四壮集》促使我每星期交一篇稿子。最了不起的地方，是想题材。这五十二个星期都是想些什么东西，这是很珍贵的。很显然，那时没想太极拳，没想书法，没想唐诗（这些再过十年才想多了）。那时想得多的，是旅行。

于是书名定了之后，我就再加上副标题："关于旅行也关于晃荡"。把比较是旅行的文章，像《城市的气氛》《散漫的旅行》《在途中》《在旅馆》等收了进来。而把比较是晃荡的文章，像《早上五点》《赖床》《逛旧书店》《丧家之犬》等，甚至《理想的下午》，也收了进来。

更早几年写成的长文，如《冷冷幽景，寂寂魂灵——瑞典闻见记》《推理读者的牛津一瞥》，我也执意要编入书中。乃我说了一个理由给我的编辑："不宜每篇都是一样长短的专栏文，要有长有短，才形成展阅书本的起伏。""尤其读完一篇长文，往往会合上全书，抬起头来，喘一口气什么的。……我们编排书籍的人要替读者收放韵律。……配图或留白，也是在这时际下功夫。"

书中的《城市的气氛》，在写作时，已隐隐呼出将来可能的一件事，文中说了一句："他日或可不揣浅陋来写一小册子"，结果五年后真成了那本《门外汉的京都》。

《十全老人》这篇，是我向往乡居式冬烘老人的那种简朴过日子的美学（哪怕世上不大有这样村居却犹儒雅的人），假托原只乾隆皇帝才能自称的名号为题。

既取了这种古名，行文就自然往文言上偏多去些。竟然自己也控制不住。文白夹杂早就是我的恶习，或许少年人故作老腔老调，在五十年前是我等孩子在成长时的心理补偿。

可见每星期想题材，真是好锻炼。你一想到老词、老名，一下笔也就挥划成文腔古调了。我何曾会料到如此呢？

我又何曾会料到写出那些个字句呢？这就像写书法，有时挥划出某几笔你压根料不到的线条！

《十全老人》文中说到吃饭，谓"时蔬杂备，肉为点缀""油盐少使，味精未闻"，当时才四十多岁的人，竟然早就向往此等清淡饮食观了。又过了几年，竟然2005年开始在《商业周刊》写小吃专栏了（后来成了《台北小吃札记》），后来更于2008年写了《穷中谈吃》。

说这些，是为了点出《理想的下午》这书之出来，逐渐把我推向"不妨拿写东西来谋生算了"这个念头。而那些写于更早的《水城台北》《台北游艺》等文章也陆续结集成书了。就连《遥远的公路》也在最近结成书了。

再说一点，我书出得慢，拖拖拉拉，也因为想对书的装帧多讲究一点。《理想的下午》当年远流版的封面，我特别找了一张黑白老明信片，那幅图是法国里昂1918年威尔逊桥的河岸景。用这图片，一来为了图片空余处，可以空下来放书名；二来更重要的，河滩上几个人影，闲荡荡的，很符合我的书之题意，也很合我到城市总会逛看偏怪的角落之习惯，甚至有一点莫泊桑《二渔夫》的情景。总之，我还很得意一眼就从各地买来的诸多便宜的老明信片（常是美金一角、两角）中随手就看中这张的慧眼。

然未必很多人注意到此节。

且慢，还真有一人。作家雷骧当时在报上简短地谈到这本书，他是唯一提到封面桥下的河岸边人影的姿态。他注意到了，其实我不惊讶，雷骧本人不但是杰出画家，简简几笔就勾出东西，也是描写情境的高手作家。同时他是影像的痴迷家，黑白摄影，怎么能逃过他的眼？

我也爱用眼，爱东找地方西找地方去看，所以会有旅行这回事。有一年到大陆，有杂志采访我，他们用了一个标题："最大的饥饿在风景"。哇，说得真好。

此次新版封面，编辑选出了三张照片。第一张是英国牛津的街景，相当的"萧简"（梁文道特别注意到这个用字）。第二张是台湾鹿港"玉珍斋"前的街景，这地方固然是罗大佑名曲《鹿港小镇》的出处之地，也是泉州文化保存相当丰厚的古镇。第三张是桂林郊外大埠附近的景致，远处奇峰拔起，近处是无尽的贫瘠平野，这份荒疏之美，于我最感珍爱。

啊，人能匆匆经过这样的地方，何尝不是福缘？我们怎么能不把每个下午过得理想呢？

舒国治

目　录

理想的下午

关于旅行
也关于晃荡

哪里你最喜欢

　　多年来，被问过无数次这样的问题。他们的完整句子是："你去了美国那么多地方，哪里你最喜欢？"接下来的五分钟或一个钟头，往往天南地北聊得很愉快，但最后就是没把这个问题回答出来。

　　最简短的问题，看来最难得到简短的答案。

　　十多年过去了，直到现在我依然希望把这问题给答出来。

　　现在回想，多半问这话的人心中其实也略有定见，他隐约期待你说出一个地名，如纽约、西雅图、迈阿密或圣塔菲（Santa Fe）之类意象鲜明之地，再将你喜欢的理由略作描述，他听取后自在心中斟酌，或同意或辩论，那么这个问题便算答过了。

只是这么多次下来，我没有一次符合他们的期待。

像有一类人，很迷恋纽约，并也住进了纽约，他们常常等着人家问他："你最喜欢哪里？"以便即刻回答："纽约！"接着说出一堆纽约优趣之理由。这类人，便是最适合被问这个问题之人。老实说，我很羡慕他们，也很赞美他们，乃他们才有热情，我则太是犹豫。

他们讲的纽约之好，我多半也认同；我心中想的纽约之不好，他们必然也知悉；只是他们毅然选择纽约，我则还在穿梭空望。

天下之大，有人一生只专注一事将之做好，有人东摸摸西摸摸一事无成将之晃过。

我也会有热情，像香港这样拘窄小隅我曾经告诉自己我能常年住下。二十世纪八十年代中，迢迢开车开到新奥尔良，竟然停下不动想租房长住南方。只是这样的热情都没持续太久。

　　我不那么爱纽约，是因它太多概念；无止境的高楼墙面，墙内是什么不知道。太多的重复；有一家百货公司，又有一家；有一出戏，接着又有一出，之后再有一出。重复的人，重复的景，重复的东西，于是它看起来很大，但不知怎么，人消受起来总觉得很小。倘若人在纽约一辈子，会显得这一辈子很短。

　　会喜欢纽约的人，许多是在未去之前便已憧憬纽约的气势建筑、充满活力的多样化职业及游乐、多元化的民族、文化的荟萃……这个那个，及抵那里，果然如他所期，于是他便喜欢上了。

　　我颇有一些朋友，学建筑的，学电影的，学设计的，学画的，爱买衣饰的，爱接触人群的，自诩有品位讲究美感的等，是属于这么地喜欢上纽约之人。

　　而我在去纽约之前，也是兴味盎然，只是还不算酝酿了很浓的憧憬；到了以后，我发现做得最多的是走看，一条街接一条街地走，一幢楼接一幢楼地看；进很多便宜酒馆听小型演唱，在很多空无一人的半夜地铁站等四五十分钟的地铁，吃过无数片七十五美分的比萨，John's Pizza、Ray's Pizza，但没有看过一场百老汇秀。便是这样，断断续续、进进出出在纽约待了近两年。我觉得纽约不错，如今已有十年没去，奇怪就是不会怀念它。

　　若选择住，我不会选纽约。除了上述的太多重复外，树太少、楼太高、人太多也算是随手可以拈来的偷懒式理由，但最主要的是它太抽象。是的，便是这个字，太抽象。我常想，有人喜欢它，便因它抽象；这是纽约了得之处，太多的城市做不到它这点。而我，还没学会喜欢抽象。

人们可以轻易地归结出：纽约有全世界最优与最劣的东西及人。纽约客的步行速度举世最快。说什么全世界最高楼宇之城。说什么它那里的犹太人比一个国家还多。小说家欧·亨利一九〇七年说它是"建在地铁上的巴格达"（Baghdad on the Subway）。新闻记者约翰·根室（John Gunther）一九四七年说它有一万一千家餐馆、二千八百间教堂、七百多个公园、九千三百七十一辆计程车、三十多万条的狗，以及一天打一千八百二十万通的电话，其中包括十二万五千通打错的……太多太多这类数据式、绝对论述式等的描写一步步、一层层、一年年地朦胧构成它这城市的奇怪传奇，以至于抽象。

也不会选洛杉矶，不只是车太多、烟雾（smog）太脏，主要是幅员太宽，地貌改变得太恶劣。若长住，对人的视界极不滋养。它有点像将台北市扩增到连新竹、苗栗皆包含进来，并且把竹、苗的山都铲平以令它们没有因天然屏障而形成县市的必然分际。于是在洛杉矶，你一直开车，往前开，然你不能察觉究竟走了多远（只有从汽车码表上来算知），也无法得悉去了哪些地方（乃太平了、太旷了、太无山野田林的自然地标，只能就地名的字标来识知），如此日复一日、年复一年在平阔的高速公路上寻找地名来下交流道，令人岂不像在电动玩具的屏幕里选地方降落？说到这里，洛杉矶岂不也是另一个抽象之城？五十年前的洛城还颇有一些山突路回的天成幽景（但看侦探小说家雷蒙德·钱德勒所述可知），如今无限平移延展，人每天睁开眼睛看的尽是这些朗朗乾坤下的干焦空荡，真不知怎么收摄心神。

我打赌有太多的洛城居民一辈子不曾想过这件事。

若他真想了，岂不徒增烦恼？

圣塔菲，远方之城，是 D.H. 劳伦斯（David Herbert Lawrence）、乔治亚·欧姬芙（Georgia O'Keeffe）人世苍茫

之后最终的落脚地，景奇地高，空气纯净，然它像是崇高之城，于心灵甚有裨益，住居未必周全。

树大房幽的美国城镇太多太多，每一个都令我想住上一段岁月，但住着干吗呢？南方太过沉定闭塞，新英格兰太萧索清素，中西部太寂寥远隔，严冬太冷；太平洋西北（Pacific Northwest）固然气候宜人，树草蓊蔚，西雅图、波特兰城市文明可喜，我其实全有兴趣。全有兴趣，便不自禁意味哪儿我都决定不下。只好一直开车经过。

莫非好地方并不是用来定居的？

另就是，寻找佳美城镇，一地接着一地，会不会只是为了不断地移换？

在西雅图住的一年中，日夕徜徉的碧湖（Green Lake）觉得何其清美，然开车到了明尼阿波利斯（Minneapolis）的湖边伫立两个小时，竟感碧湖哪里比得上这里的宁平旷远、潇洒风华。在纽约格林尼治村的孔雀咖啡馆（Peacock

Cafe）小啜咖啡看书何其淳雅适人，然开车小停博尔德（Boulder，Colorado）的三叉戟咖啡馆（Trident Cafe）或安娜堡（Ann Arbor，Michigan）的 Dominlc's 或布莱托波洛（Brattleboro，Vermont）的 Cornmon Ground 等咖啡店，感到更爱这些远镇小店的闲散逸放。

开车跨过俄亥俄河要进入辛辛那提（Cincinnati），顿感这是全美少有的天然形势奇美的一个城镇，何等优美的河，又何等岗秀坡雅的城，太多的名城古镇都比不上它，无怪乎人称"西部的皇后城"（Queen City of the West）。然我还是开车离开了它。

或许我太容易去到了这些地方，接着又离开它们，故我很难说查尔斯敦（Charleston，South Carolina）比夏洛茨维尔（Charlottesville，Virginia）好，说新奥尔良比孟菲斯好，说伯克利比圣地亚哥好，说达勒姆（Durham，

North Carolina）比普罗维登斯（Providence, Rhode Island）

好⋯⋯

　　"哪里你最喜欢？"

　　我真希望能够回答。

刊一九九九年五月二十七日

《中国时报·人间副刊》

城市的气氛

　　日本的京都游过几次，龙安寺枯山水的禅趣，南禅寺的高宇大院，诗仙堂的静谧寂思，都令人赞赏，每次再去，总会一一造访。然而不怎么在心中留下太大的牵系。多年后偶在脑际闪过的京都零星印象竟然是夜晚在大德寺左近月光下的深巷长墙及脚踏碎石子的沙沙声。

　　气氛，常是记忆的产物。譬似基隆总像是极富某种说不出的气氛，好像说，幽怜。乃我自儿时至青年无数次亲近它之后的感受便是如此。或许是它的雨（一年中有二百天的雨），或许是它海水传来的腥却有劲的野味，或许是它的处处低郁阴晦的山城海港、后街妓户、鱼贩湿地等交织出如同戏剧般的景象，这当儿教我不自禁地忆起一部日本电影《卿须怜我我怜卿》，是的，基隆端的是有这怜意，它的雨，常像是泪。

然而这样有气氛的基隆，早已不存了。

《宫本武藏》电影中凡构图皆有虬松做前景，沟口健二的幽幽鬼气、五所平之助的市井街巷等旧日视界所习，不仅让我这一辈台湾小孩作为看赏日本之当然蓝本，搞不好也影响了观赏近年日本电影、电视剧之兴致缺乏。何也？景物与色彩皆不对了；景不是老日子里所见景，色彩既非黑白又非"总天然色"。须知以 video 磁带拍出的日本，亮晶晶的、黄澄澄的，如何是昔年蓝凄凄之中偶着一两抹樱花红的软片下之悲美日本？

不谈今昔之异，只谈气氛。

日本京都，是气氛之城。故在优势的时季（如观光淡季）或好的气候（较冷时）或好的辰光（清晨及黄昏，或雨中、雪中、乌云密布时），所收得的京都，较能让人有感触。

京都赏花，各季各庭皆有胜擅，此是古来风尚，但我们许久一去，倒不必特意赶场。京都的水景，只算聊备一格，鸭川平整如渠道，夜中坐纳凉床看它，趣味平淡而已。西郊岚山的保津川泛舟，颇有三四十年前碧潭加大十倍之风味。水景之野趣不存，当在于这建城一千二百年的现代城市之必然。山景亦如是，东西北三面之山皆密植佳木养护起来，你见龙安寺、银阁寺等殿后局紧浓密，不够疏朗通透，并且不能游逛后山，便正是密植养护之功，可令千年后游人仍得玩赏也。

京都的意趣，在街巷、在住所、在业作，当然，也在祭庆。

故在京都，宜安步当车。脚力有限，不妨多停几日，每日只慢步逛两三区。穿街走巷，由小民起居、商贾贩货、技匠做活，可全收眼底。而屋舍的变化、老妪的偻步、墙头的花树……便是它独步世界城市的气氛。即以东山山脚

为例，景最称丰。可自清水寺下来，到八坂塔（八坂の
塔），看近处人家。再取石塀小路，由东向西慢走，尽是旧
家风味。中间隐藏着一家"石塀吃茶店"，是街邻的小咖啡
店，坐客全是附近的老太太，极有味道，布置是二十世纪
六十年代西式座椅，但比河原町四条那家二十世纪三十年
代开业、侦探作家江户川乱步也去的"筑地"吃茶店要有
气氛多了。这样的小店，京都颇有一些，然不易著录于旅
游指南。他日或可不揣浅陋来写一小册子。

日本京都最动人的，是山门，尤其在不经意中见
之。街巷细碎，东弯西折，随时遇见；门外驻足便好，
总能想象其内之无穷。车窗中移动的瞥见，也教人有不
舍之怡悦。

最幽深肃穆、气象洒然的山门，是青莲院。几乎有中
国武侠小说中的邈远意象。

气氛，有时不是感受于当时，而是渗露于久远的后日。

英国牛津的 Blackwell's 书店，历史悠久书又多，去年逛它
只是埋头找书，如今想起来，这店又光亮、装潢又单调，
算是气氛极差的书店，亏它有恁大名气。本来进书店，主
要是买书，要以名所相期，有点太那个。然而人生有时千
里迢迢走经一莫名城镇，跨进一家暗沉古旧的书肆，那个
下午的一两个钟头印象，往往会在几十年后犹自脑海突地
闪进，这闪进景象之佳与不佳，或许就点出气氛之珍贵了。

刊一九九九年六月二十四日

《中国时报·人间副刊》

冷冷幽景，寂寂魂灵

——瑞典闻见记

有一种地方（或是有一种人），你离开它后，过了些时间，开始想着它，并且觉得它的好；然你在面对它的当下，不曾感觉它有什么出众之处。这是很奇怪的。

斯德哥尔摩，我想，是这样的一个地方。

北方的威尼斯？

很多年前，不知什么人称它为"北方的威尼斯"，经过年月，如今已然成为定谓了。而到过威尼斯并惊叹其水道密匝的旅行者这会儿来到斯德哥尔摩，一见之下，会对

"北方威尼斯"此一名号不禁感到失望，心道："这算是哪一门子的威尼斯，开什么玩笑？"乃他所乍见的斯城，平平泛泛，横向打开；虽也有水，却是平板布撒，水色浅淡，不若威尼斯水道受两岸宅墙窄窄夹起，水色深酽、水情荡漾，甚而水味浑腥，袭人欲醉。确然，斯德哥尔摩没有这份曲径通幽之美、风情浓郁之馥、低回凄楚之致。人不会老远从德国跑来这里写它一本《魂断斯德哥尔摩》。

它的水道上，也不会有"刚朵拉"（gondola），不会欸乃一声，钻过拱桥。这点连江南的苏州、甪直、周庄所轻易有的，斯德哥尔摩也献不出来。

然而斯德哥尔摩究竟是什么样一个水城呢？

它的水，是无远弗届的水；不同于威尼斯之尽在城里打圈圈的水。斯城的船是"去"的，威城的船是"绕"的。到底瑞典人自古以来是航行的民族，直到今日，要去某地，总先想，是否走水路。譬如北边的乌普萨拉（Uppsala）、锡格蒂纳（Sigtuna），西边的皇后宫（Drottningholm Palace，所谓"北方的凡尔赛"）及东南边的达拉勒岛（Dalarö），全可以个把钟点的车程抵达，然旅行指南仍然特别标明"可乘船。夏季"。

这些宽阔的水，西有梅拉伦湖（Mälaren），东有波罗的海（Baltic Sea），把城放远了，把景拉疏了，把桥也搁置平了。故而斯德哥尔摩是个平铺直叙、水天一色的城。它既不是攀高爬低如重庆、旧金山那样的天成山城，也不是摩天大楼耸立如纽约、香港如此人为的登峰造极。它其实是最佳的自行车水平滑行看景的城市。

正因这份平、这份疏远，使这城市怎么样也不像能表达出幽怨或激昂，一如威尼斯。在威尼斯，船夫的歌声飘荡在此一渠彼一沟的这份放情，它不会有。两百年前卡尔·贝尔曼（Carl Bellman）作的歌曲，多么受人喜欢，但人们不会在斯城的水上唱；而不过几十年历史的《归来吧，

苏连多》（*Torna a Surricnto*），威尼斯随时还能听到。

无声无臭之清净

别说歌声了，斯德哥尔摩压根儿没什么人声。在城中闹区，不论是Östermalm Hall，或是Stortorget，或是国王公园（Kungstradgarden），或是皇后街（Drottninggatan），或是Stureplan，只要见人在路上打移动电话（这里是爱立信的家乡），从来听不到他们的声音。他们是如此的轻声低语，令人觉得他们是在演练嘴形。瑞典难不成是最适宜的默片之乡？葛丽泰·嘉宝（Greta Garbo）在声片来临前，似乎更让我们惊艳些。

并且，斯德哥尔摩也没有气味。那条东西走向，在世纪交替时国王奥斯卡二世（Oscar Ⅱ）决定建成的可供仪仗游行的海滨大道（Strandvagen），十几天的游访中我每天会来来回回走个十几次，从没嗅过什么"海风野味"。

渡海去到斯特林堡（August Strindberg）百年前静心写作的奇门岛（Kymendo），原始巨松千章，满地落叶如绵绣；岩间青苔、树脚野菇、丛际黄花，却嗅不到一丝叶腐花香。这是十分奇特的。奇特到令人怀疑瑞典水龙头里流出的水是否都像蒸馏水。

名演员厄兰·约瑟夫森〔Erland Josephson，曾演出伯格曼的《脸》（*The Face*）、《生命的边缘》（*Brink of Life*）、《婚姻生活》（*Scenes from a Marriage*），以及俄国导演塔可夫斯基的《牺牲》〕的脸也是；七十许的老人，白到像是瑞典桦木，我们面面相对而谈，相距二三十公分，只见这张脸也完全是不夹杂一丝气味的至清至净。

小而集中的市中心

大多因公来到这里的人，在旅馆下榻好后，在路上走一圈，只见行人稀疏，似是世事寥隔。马路上滑过的汽车也不那么急慌，很多是沃尔沃（volvo）。大灯始终亮着，即使是白天。楼房平平切齐，看起来不高；乃因他看着它，往往隔着水面。马路其实也不宽，由于路人少，倒显得宏敞了。从他的旅馆到皇家话剧院（Dramaten），到 Forex 换钱店，到国王公园，到国家美术馆，再跨桥到旧城的皇宫（Kungliga slottet），如此走马看花一圈，不过二十来分钟。而斯德哥尔摩的大致也差几掌握了。

接下来他每天的洽公，也不时要经过这类定点，他愈来愈觉得斯城非常集中（其实他心中想的是"小"这个字），集中到根本可以安步当车了。连地铁也不是那么需要；这或也在于地名字母太长，像 Östermalmstorg，或 Midsommarkransen，一个不小心，可能误了站。

安步当车往往闲看到不少事态；例如在 Nybrogatan 这条街上的麦当劳，居然有一大面的书架，颇令人称奇。麦当劳，此地不算多，城中心（Norrmalm 及 Östermalm）有六家，稍北的斯德哥尔摩大学的北角上有一家，南城（Sadermalm）也不过三家。旧城（Gamla Stan），当然，一家也不会有，一如我们会期望的。再就是闹街上很多热狗摊子，最普通的一种只费十克朗，味道嘛，当然很平庸。还有，城中心也设公共厕所，要收费，据说是五克朗。

喜爱步行的旅行者，由西边的市政厅（Stadshuset），到东边的斯坎森（Skansen，康有为译成"思间慎"）民俗陈迹开放博物园；再由北边的斯特林堡纪念馆，到南边旧城几乎可称为"摸乳巷"的 Mårten Trotzigs（狭窄处只得九十公分），这些全可以步行来完成。

市政厅，位于国王岛（Kungsholmen）的东端尖角上，由建筑师 Ragnar Östberg 设计，自一九二三年开幕以来，一直是斯德哥尔摩最重要的地标。既是建于水滨，它不但有所谓的威尼斯式之壮丽，还做到冷凝、典雅、兼具直线条

美感的"北欧复兴式"（Nordic Renaissance）。它的厅堂宏阔，每年诺贝尔奖大宴便设在这里；当此时也，瑞典的光华闪耀至最高点。其中有一个厅，整个墙面由一千九百万块金片编成的马赛克，金光闪烁，目为之迷；足可令人叹奇，然你不能事后多想，多想则顿感俗伧之极。

斯坎森位于东郊的优雅登岛（Djurgården）上，是一辽阔的露天民俗博物园，起设自一八九一年，将一百多个瑞典各地的历史民间的建筑物移建于此，依天成坡岗地形掩映布开，供人实物游赏。它的优处更在于建筑体与建筑体之间的园林之美。

瓦萨（Vasa）沉船博物馆，在斯坎森的西侧，是航海大国瑞典在一六二八年处女启航时没根没由地沉入海底，再在三百三十三年后打捞起来供现代人指手画脚又谈又叹的一则传奇故事。它绝对是全斯德哥尔摩最热门的旅游大点。这个博物馆透露瑞典真谛：新式博物馆的绝佳概念。海洋考古与古物存新的一丝不苟之精密工程。益智教学与古代传奇兼熔一炉的商业叫座。

斯特林堡纪念馆，对于不涉文学的游客，或不致有兴一探，然它所在的皇后街，却是很值观光，尤以它竟然集中了三五家旧书店，这在斯城颇为难得。

旧城，是斯德哥尔摩几百年前的模样。它的外观楼宇，为十八世纪形景，而其房基及地窖则为中世纪时筑成。两条平行的古街，Prästgatan 与 Västerlånggatan，是游人必经、雅趣小店散布的中心通道。那家所谓开业于一七二二年的老餐馆"金色和平"（Den Gyldene Freden），属于瑞典皇家学院的产业，楼上的贝尔曼室（Bellman Room），据说只提供给皇家学院有重要宴会时使用。诗人歌咏家 Evert Taube 说得好："数以万计的大小列岛，全部起自于金色和平饭馆最靠里面的那张桌子。"

大村庄备而不用

斯德哥尔摩的这份集中、这份小，难怪二十世纪六十年代初导演英格玛·伯格曼（Ingmar Bergman）在接受美国作家詹姆斯·鲍德温（James Baldwin）访问时说："那压根儿不是一个都市，那只是一个大点儿的村庄。"

在城中心的几家有名馆子，如 Prinsen，或歌剧院小馆（Cafe Opera），或是旧城的两百年老店金色和平，斯城居民若是在此与熟人相遇，必定寻常之极。

它的人，互相隔着的距离可以很近，却又未必同在一处。譬似街上行人，的确有一些，却走着走着，便不见了。你记不住适才走了些什么人。

于是它的街道总是很空宽，人行道亦是，桥也是。通往旧城的 Strombrom 桥，我跨过十几次，每次同在桥上的路人，很少超过三个。

这样子，当然斯德哥尔摩也就没什么特受称颂的大街，像巴黎的香榭丽舍、纽约的百老汇、柏林的菩提树下，或北京的东、西长安街。斯德哥尔摩虽也有一些广场，如北城的 Hötorget, Sergelstorg, Östermalmstorg，南城的 Medborgarplatsen，或旧城的 Stortorget，但皆如聊备一格，没有人提起它们，像提威尼斯的圣马可广场、罗马的西班牙广场或巴黎的协和广场那么顺乎习常。

的确，斯德哥尔摩是一个最先进文明、最设备齐全的"大村庄"。而它的先进，在于备而不用。它的自行车道，又长又好，所经过的风景亦极佳，然滑行其上的自行车总是稀稀疏疏。

它的阳台，可以是虚设。这是北国，你其实不怎么有机会伫立阳台来消受岁月。这里太冷。这里不是维罗纳（Verona）。

言及村庄，又及一件。外方人一想到瑞典，常想到几个瑞典的名声。言汽车，则沃尔沃（volvo）及萨博

（SAAB）；言移动电话，则爱立信；网球，则比约·博格（Björn Borg）；言电影，则英格玛·伯格曼、葛丽泰·嘉宝及英格丽·褒曼（Ingrid Bergman）。玩照相的，会提哈苏（Hasselblad）；买简易家具的，会提宜家（IKEA）；言食品包装，则"利乐"（Tetra Pak）的铝箔包；等等。这类极为突显的名人或名物，作为对模糊遥远的瑞典之试图接近，然这仍只是概念。须知瑞典的幅员为欧洲第四大，其多样性当然不只是这几个名字所能概括；然外人没法繁复琐细地了解它，至于这一节，它又真像是一个大村庄了。

很可能一直到二十一世纪结束前，它的电话仍可维持七码。

一空依傍的设计风格

斯德哥尔摩这一都市，是二十世纪感的都市。是将二十世纪初 Jugend（新艺术、青春艺术）风格添加在十九

世纪楼宇边而共同维持规则保守的外观。它不特作 grandeur
（壮丽），一如威尼斯。比较甘于平齐，甚至平板。它多半
很谦逊地围住空间，像它的老电梯（铁栅拉门式那种）常
设在中间，而步梯则绕着它转，呈螺旋式，步梯的近核心
处甚至容不下你的脚板，全为了省空间也。

坐落于北郊 Vasastan（说是北郊，其实也只是几步路
远）边上的市立图书馆（Stadsbibliotek），是建筑史上的
有名例子，其造型是一个方盒子上顶着一个圆筒子，由
Gunnar Asplund 在二十世纪二十年代设计完成，是为功能主
义在北欧的先河作品。

不知怎的，这种功能主义的概念，似乎很合瑞典人
的美感脾胃，几十年来，直到今天，瑞典的设计总袭着这
一股风意。尤其是用品，一来简净，再则有点 funny，卡
通味，统成其此一世纪之美感大致。像一九四二年设计的
Miranda 躺椅，像一九五二年设计的"眼镜蛇"（Cobra）站
立型电话机等，这类例子多得不得了。即使 IKEA 拼装家具

用品也多能见出这种风格习念。

倘若一个朋友说他"添购了一套瑞典家具",你会很快地在脑中呈现某种近乎荒诞却又很合于工学的净冷孤特式样。

若是一套瑞典咖啡杯,我马上会猜想它不同于英国式,也不同于日本式。乃在瑞典并没有一段维多利亚时代的洗礼,故杯器不会那么雕琢。又瑞典也不似日本的凡事太过重视,如同小题大做,杯器当不会弄得精巧绝伦。果然,一九八六年有一套名称就叫"斯德哥尔摩"的白瓷咖啡杯被 Karin Björkquist 设计出来,它既有北国的细高及雅白,还兼有一分力学上的韧性。

他们崇尚白色,家具固是,原木色的材质不介意裸呈。餐桌上的蜡烛,几全是白色的,不只是露西亚节时家中女儿头冠上戴着的那几支白蜡烛而已。

稍稍凝视 Absolut 牌伏特加酒的酒瓶设计(其形有点像点滴瓶,有趣)便知道瑞典设计之求净求简求透明之一空依傍、不惜荒诞的种种内蕴。

家庭感的电影工业

在斯德哥尔摩这个"大村庄"上，有一所皇家话剧院，多年来培养了太多的戏剧人才，英格丽·图林（Ingrid Thulin），马克斯·冯·叙多夫（Max Von Sydow），毕比·安德森（Bibi Andersson），丽芙·乌曼（Liv Ullmann），厄兰·约瑟夫森，古纳尔·布约恩施特兰德（Gunnar Björnstrand）等只是其中几个我们熟知的演员罢了。而大导演英格玛·伯格曼更和皇家话剧院有深厚渊源，甚至在一九六三至一九六六年间担任首脑。自二十世纪五十年代以来，他一直产量丰富、摄制快速，并且耗费廉宜。须知他身处国小人稀（全国才八百多万人）的瑞典，又拍的是艺术片，在市场上照说是很难维续的；然而他做到了。乃在于瑞典始终有一种"家庭式"制造业之互援同济优良环境传承。也于是女演员毕比·安德森在二十世纪五十年代拍的第一部售卖肥皂的电视广告片，便是由伯格曼所导。

伯格曼反复地使用这些演员，并且让这些面孔在全世界被人记住。所有这些戏剧工作人员，其工作与社交，他们吃饭的馆子、聊的剧本、度假的小岛等，全构成如一小家庭。

在聊天中，演员厄兰·约瑟夫森说起伯格曼从不旅行。我说他是一个室内导演（chamber director）。他像是永远住在布置典雅、窗明地滑的房子里，又总是在备受呵护的温暖气氛中，同时不停地工作。他以工作来对抗室外的风雪严寒。

这是又一个寂冷北国的人与天争之绝佳例子。

伯格曼本人结婚六次，并与名演员丽芙·乌曼育有一个小孩。可知他的家庭族落自成一个小而丰大的人群集聚。且不说在他出生的乌普萨拉小城（那里将要成立他的纪念馆），在大教堂左近，几乎人人是他的邻居。而斯德哥尔摩的蓝鸟（Fagel Bla）影院（位于 Skeppargatan 六十号）是他童年的观影所在。他那时住在 Valhallavagen 街，现在住在 Karlaplano，这一切全离皇家话剧院只有五分钟脚程。

除伯格曼外，我们在台湾尚知的导演，有 Jan Troell
（拍过 *The Emigrants*）、Bo Widerberg（拍过 *Elvira Madigan*），
还有 Vilgot Sjöman［拍过 *I'm Curious（Blue）*］。

另有一人，或可称为瑞典电影之父的，是维克托·舍
斯特伦（Victor Sjöstrom）。他在一九一七年所导的《罪犯与
他的妻子》（*Berg-Ejvind och hans hustru*），在二十世纪初年
独领世界电影史的风骚。一来由于影片的艺术光芒，二来
也占了瑞典在一次欧战时中立的天时之利。

《罪犯与他的妻子》不易在台湾看到，倒是他在一九二八
年所导、由美国女明星莉莲·吉什（Lillian Gish）演的《风》
（*The Wind*），被翻制成无数的录影带。

然舍斯特伦的脸，才是最令电影学子所熟悉者；几乎
所有的电影史书，皆有他的老年的照片，因他演了伯格曼
一九五七年的名作《野草莓》。

自怜幽独

电影的市场小，也就罢了，但它还能销往国外。书的市场更是窄小。瑞典文的书，出的册数很少，于是每本售价只好奇高。小小一本书，动辄两三百克朗，合台币上千元。汉学家马悦然（Göran Malmqvist）近期译出的巨著《西游记》，洋洋五大册，也只能一册一册地推出。每一册的售价约五百克朗，几近两千台币。

它也不像美国、英国，有那么多的地下型刊物、小书、杂册。它的大学——不论是斯德哥尔摩大学、伦德大学、哥德堡大学或是乌普萨拉大学——及其近处咖啡馆的墙面，也不及美国人那么有密密麻麻的各式招贴。甚至人们在咖啡馆的杂聊（small talk，瑞典人所谓的 smaprat）也不那么琐碎、不那么旁征侧引、不那么表情夸张，一如美国、法国或意大利。瑞典人偶尔有的，是"冷聊"（kallprat），是"死聊"（dodprat）。

谈论事情，不那么故作挑剔来表示自己高明；知识分子不会一提到 ABBA 合唱团便脸上挤起眉头，表示不屑，这和法国人美国人不同。这也道出了他们的村居性而非市井的街谈巷议习俗之一斑。同时也合于前面提到的"备而不用"。我们问瑞典友人，城中有何处好玩；他们只随口提二三处，总不会特别一一强调各处是怎么个好。一样合乎"备而不用"。

看来瑞典人也不大有呼朋引伴、攀肩搭背的习惯（如法国人的沙龙性，或爱尔兰、希腊的酒馆、码头的凑伴性）。他们与朋友稍聚一阵，又各自回到自己独处的境地。

我常怀疑，北国的人与其环境的相应关系是否呈现两极化：不是大量的在室内，便是大量的在野外。当在室内时，尽其能地看书、工作、织毛衣。当在室外时，尽其能地滑雪、海上航舟、小岛上徜徉、森林中打猎。这对于极其市井化的老台北或老北京那种日夕会进出坊巷胡同多次而一辈子可以完全没有野外活动是何其的不同啊。

瑞典人也喝酒。典型的瑞典酒叫 Schnapps，酿自马铃薯，颇强烈，可算是伏特加的一种。当两人举杯互敬，口称 Skoll；如同英文的 Cheers，法文的 ávotre santé 或中文的"干杯"，只是并不需一口饮尽。

瑞典的国土太净了，太素了，太萧索清芜，故你连愁怀也不准有，你不能有小悲小伤随时抒唱排遣，一如人在威尼斯可以随做的。于是瑞典人何妨寄情于酒？但奇怪的，他们的酒之消耗量竟然很低；法国人与德国人的消耗量是瑞典人的两倍，而美国人与英国人则比瑞典人多上百分之五十。

或许瑞典人从小被熏育以像松像枞像桦一样地成长，不似上海人遇逆境时在黄浦江头可以叹息。瑞典人有某种与天地自开始就共存的孤高，他们没有咸亨酒店那份自吟自醉消日度时，没有新宿街头的醉汉倚墙撒尿。

在各处公园、车站角落，也见不着兜售毒品的可疑分子。吸毒一事，询之于年轻人，他们说瑞典极少。

再说到抽烟。这几年，各国的禁烟风潮很盛；我们一行中一二烟客在将抵瑞典这北欧先进国之前，已然开始紧张。甚至在阿姆斯特丹的史基浦机场转机的久候中，不知是否该买些免税香烟，抑是索性断了这在北国吸烟之念。

抽烟，它虽不像美国那么制约森严，但也不似中欧、南欧那么随放。外地人很快注意到这一特点，便是餐馆、咖啡店、旅馆厅堂等处并不在墙上竖"禁烟"牌以为示警，却又不见有人在抽。于是你也不敢抽。及见有人取烟起吸，再见侍者取来烟灰缸，你方知其实准许。

人们之不抽，实在于一者对公共范围之尽不侵犯，再者自我约束本就习守。

又瑞典的餐馆，也多有置烟灰缸者；这烟灰缸的摆法，也有趣，是那种六角形玻璃制、极浅极浅的锅，完全老派式样；总是一桌上摆两个，两个叠起。这样的餐馆我看见很多。

有一回在哥德堡大学承飨晚宴，前段吃着喝着，也聊着，皆没人取出烟来。酒饭几巡之后，气氛愈来愈热络，终于有人提问，可否吸烟？主人谓可。这一当儿，先是台湾一方的烟客取出烟来，随而瑞典一方的好几位（竟不是一二人而已）同好此起彼继地个个自衣袋深处掏找出原本妥藏并少有取用的皱皱烟盒。至此，人人大吸狂喷起来，如释重负。瑞典人，这厢看来，是那种冷凝自持却实则颇欢迎你豪情热浪袭扫过去，他也不介意与你共熔一炉者。

大约在二十世纪五十年代以后，外人对瑞典的印象，有所谓的"四个S"，也就是Socialism（社会主义）、Suicide（自杀）、Spirits（酗酒），以及Sex（性）。

　　这其实是外人对这遥远北国不禁产生的神秘归结。社会主义，没错；它的社会福利做得细密，人民的赋税及国家的担子皆极重。自杀，的确比率也颇高（奇怪，许多天高水深、巨树密林的佳美清境皆恰是自杀最多之乡，美国的西雅图亦是）。饮酒，前面讲过了。至于性，固然北欧不止一国崇尚天体开放，而北欧人原本对身体各部分看待之透明化，原是它简净文化中很显然的特色，瑞典在百年来的急速富强，加以两次欧战的与炮火无涉，更助长了它极其单一心灵的现代工业先进化。也于是它的裸露身体、它的性爱开放同样可以一空依傍。注意，它是"单一心灵的"（single-minded），而不是情结纠葛的。正因为这种单一心灵之天真，伯格曼在二十世纪五十年代拍的《夏夜的微笑》（*Sommarnattens leende*）要反其道地来嘲讽男女关系。

孤立于天地，人与天争

在旅馆中无聊，打开电话簿，发现瑞典人的姓名，多沿用山、石、树、草，像 Bergstrom（山溪）、Björk（桦）、Ek（橡）、Asplund（白杨树林）、Alm（榆）、Liljeblad（百合叶子）。而瑞典人，事实上，即是山石树草，在天地中孤立求生。

他们的身骨高拔，立在那里，幽独隔远。外地人一抵阿兰达机场，自小便斗的高高悬起，便可感觉瑞典人的高昂，甚至还加上一股瑞典人的泥于原则。

泥于原则，也呈现于开车。车一发动，大灯必须自动亮起，白天黑夜皆然。又连车灯上也装置雨刷，乃北地多昏暗光景，索性全国订定法则共同严守。

瑞典的汽车原是靠左行驶，一如英国、日本。《野草莓》电影中仍见如此。直到一九七一年某日，全国同时改成右行，当下全民一起改了过来。

他们的身材虽与美国人高拔相似，却不像美国人那么

肿，而小女孩也还内敛自立，没有美国那么多的 nymphet
（小娇女）。小女孩长成后，也没有美国那么多 bimbo（慵懒
美人）。瑞典女人比较自甘寒寂，不作兴弄出一番撩人样。
英国小说家伊夫林·沃［Evelyn Waugh，曾著《故园风雨
后》（*Brideshead Revisited*）等书］在二十世纪四十年代说
过："她们在社会上及在性欲上皆能满足。"典型的瑞典美
女英格丽·图林，她的美，令人记不住。她的美，是一种
不可名状。

瑞典人的英文真好，并且几乎人人都好。同时难得的
是，没有什么本乡的浓腔。这固然是因为小国之故，人先
天上就被赋予要频于与外相接，不得躲起身体自守荒僻乡
土，一如美国的南方人。

于是任何一个瑞典人皆像是必须透明，他不能不被外
界时时看见。他受的教育是如此。而他倘又自恃孤高，日
子其实是很累的。

诺贝尔一生已经够传奇了，而他一辈子没有结婚。葛丽泰·嘉宝亦是，甚至更神秘。探险家斯文·赫定（Sven Hedin）一辈子里有太长时光暴露在异国的荒凉漠野上。汉学家高本汉（Bernhard Karlgren，著有《中国音韵学研究》）潜心所攻之学竟是枯冷的汉语语言学。斯特林堡孤僻自雄，丹麦诗人特拉契曼称他为"暴风雨之王"。

它的外间幽景是如此静谧，会不会人的内心时时要涌动出一番风暴呢？

他们受拂着海风，脚间漫扫着落叶，头顶上始终罩着瞬息变幻的白云、黑云、灰云。

他们与小岛抗争、与海逆航、与冰雪搏斗、与漫长黑夜熬度、与无人之境来自我遣怀、与随时推移之如洗碧落来频于接目而致太过绝美终至只能反求诸己而索性了断自生与那地老天荒同归于尽。

世界上很少有市民活在像斯德哥尔摩那样有如此贴近身边的瑰丽美景的大城市中；台北市民看见雨后隔墙

的扶桑在滴着一两点清泪便已欣喜若狂，不去记恨那遍布身周、永除不尽的水泥丛林。东京、北京、加尔各答也是。伦敦、柏林、纽约、罗马，整日轰轰隆隆，又何尝不是？而斯德哥尔摩你只要信步荡去，十分钟后，进入 Djurgården，哪怕只驻足在边上的 Kaptensudden，北望对岸的 Nobelparken 及远处的 Ladugards-Gardet，这景色已是世界绝胜。这卑微公园未必受人咏题，游人亦鲜至，却让我想到波·维德伯格（Bo Widerberg）在二十世纪六十年代拍的《鸳鸯恋》中的大树如盖、黄草无垠。那一对十九世纪的恋人实在不必逃到丹麦，根本就在 Kaptensudden 中自尽，亦足以凄美绝伦了。

若向东，在优雅登岛东端的 Thielska 私人美术馆，登楼，自小窗去望，恰好是一天然的构图，框中的斯城一角，包含着大小几块零星岛屿，远远近近，令人觉得像是自西泠印社望出去的西湖，却又比西湖更显清美寂遥。

京都的园林亦很美，杭州的水山小景也是，然皆是悠悠地涵盈着人烟韵味，要不就有一缕道情。而瑞典的园林则呈现全然不同的气质，它至清至净，有的，是一份天意。

无怪乎二十世纪初康有为流亡至此也要频频叹其至美，"瑞典百千万亿岛，楼台无数月明中"，"岛外有湖湖外岛，山中为市市中山"。又谓"瑞典京士多贡（即斯德哥尔摩）据海岛为之，天下所无"，及"爱瑞京士多贡之胜，欲徙宅居之"。

波罗的海上散列的成千岛屿，将斯德哥尔摩附近的水面全匀摆得波平如镜，如同无限延伸的大湖，大多时候，津浦无人，桅樯参差，云接寒野，澹烟微茫，间有一阵啼鸦。岛上的村落，霜浓路滑，偶见稀疏的沃尔沃（volvo）车灯蜿蜒游过。

船声马达，蓬蓬进浦，惊起沙禽。有的声音，只是这些。没有人声，即使远远见有鲜黄色的夹克晃动。耳中的船声、水拍岸声、飞雁声，竟更清绝，目极伤心。

　　我现下的心境，居然最乐于赏看这种风景，觉得是世上第一等的眼界。甚至《鸳鸯恋》一片用作配乐的莫扎特二十一号钢琴协奏曲，也觉得是搭配瑞典瑰丽美景的最好天籁。

　　　　　　　刊一九九五年十二月十九至二十一日

　　　　　　　　《中国时报·人间副刊》

早上五点

早上五点，有时我已醒来，多半我还未睡。这一刻也，黑夜几尽，天光将现，我再怎么也不愿躺偎床上，亟亟披衣往外而去。多少的烟纱月笼、多少的人灵物魂、多少的宇宙洪荒、多少的角落台北我之看于眼里，是在早上五点。

在杭州，某个冬日早上五点，骑车去到潮鸣寺巷一家旧式茶馆（极有可能是硕果仅存的一家，七年前。今已不存），为的未必是茶（虽我也偶略一喝），为的未必是老人（虽也是好景），为的未必是几十张古垢方桌所圈构一大敞厅、上顶竹篾棚的这种建筑趣韵，都不是。为的是什么呢？比较是茶炉上的烟汽加上人桌上缭绕的香烟连同人嘴里哈出的雾气，是的，便是这些微邈不可得的所谓"人烟"才是我下床推门要去亲临身炙的东西。

美国南方，新奥尔良，早上五点，在世界咖啡馆（Cafe du Monde）这家百年老店，透过越南侍者手上端过来热腾腾的咖啡欧雷和三块满沾糖粉的"炸面蓬"（beignet），远处虽微泛天光，然这城市的罪与暗总似还未消退净尽。而由 Cafe du Monde 背后的密西西比河面沁来的湿露已足怂恿人急于迎接一天的亮堂堂来临，远眺一眼横跨河上的大铁桥，已有不少车子移动，窃想要在这城市大白之前快快回去睡觉。早上五点，在新奥尔良。

早上五点，一天中最好的辰光，但我从不能趁这么好的时刻坐下读书或潜心工作。我甚至从没有在此刻刷牙、慢条斯理地大便、洗澡、整饰自己以迎接所谓一天的开始，皆没有，只是急着往外而去。即睫沾眼屎、满口黄牙，穿上昨日未换的衣袜，也照样往外奔。不管外间到底有些什么，或值不值得。

日复一日，年复一年的早上五点。

　　不知是否为了要与原已虚度的一日将道别离之前匆匆再去一巡，方肯返床独自蒙头与之暂诀？

　　台北的早上五点，最丑奇的人形在山坡上、公园里出现。他们的步姿怪摆、动作歪状；刚醒的睡眠与无意自省的扭摆身形本应如打鼾与刷牙一样被放于密室，然他们视这早上五点的绿地是暂被允许的纵放场地。一天中最微妙的刹那，早上五点，半光不光，恰好是成群神头鬼脸出来放风之时。放完风，又各自回到我们再也看不到的房墙之后。

　　早上五点，是出没的时刻。某次打完麻将撑着空轻的皮囊步行回家，登上一座陆桥，将至高处，只见两只火眼金睛朝我照射，再上两步，原来是一只黑狗在那厢一夫当关。到了桥顶，好家伙，竟有十几只各种毛色、各种大小的狗在桥上聚帮，或是开派对，情势凶恶，惊惧之下只能佯装无事，稳步慢慢通过。

台北，早上五点，费里尼都该来考察的时刻。

早上五点，若我还未睡，或我已醒来，我必不能令自己留在家里，必定要推门出去。几千几百个这样的早上。多少年了。为什么？不知道。去哪里？无所谓。有时没东没西地走着，走了二十分钟，吃了两个包子，又回家了。但也非得这么一走，经它一经天光，跨走几条街坊，方愿回房。有时走着走着，此处彼处皆有看头，兴味盎然，小山岗也登了，新出炉的烧饼也吃了，突见一辆巴士开来，索性跳了上去，自此随波逐流，任它拉至天涯海角，就这么往往上午下午晚上都在外头，待回到家，解鞋带时顺势瞧一眼钟，竟又是，早上五点了。

刊一九九九年十二月三十日

《中国时报·人间副刊》

旅途中的女人

　　她微低着头，眼睛视线不经意地落在前下方的地面，轻闭着唇，有时甚而把眼皮也合上一阵子，随着车行的颠簸，身躯也时而稍显移晃。有时她读着一本书或一份杂志，不理会时间的漫长无聊，也不在意其他同行者在奔波劳碌些什么。她不时也会抬起头来看向窗外，如今是到了什么站、哪条街，或是注视一眼腕上的表，借以得知自己现下是处于人生哪一刹那，有意或无意的。当然，极多时候她只是正坐着，眼光平视，未必看向张三或李四，但也可能会摄得某人；倘若有人忽然滑落了报纸或打了一声喷嚏，那么她的眼光到此短暂投注一下，亦属理所当然。

　　从她垂下的头你能见着她的颈子线条，或自她下敛的眼皮你能见着那更显修长的睫毛，或由她看书时专注的鼻梁，以及她不多移动的身躯，这些都在提供一份安静的气味。这安静的气味不啻把旅途中的想象世界与视野空间竟然拉展得开阔了很多，不只是车船行驶所需的时辰而已。

这些景象，不论是在纽约的地铁、旧金山的"巴特地车"（BART）、费城的"滑轨车"（trolley）、西雅图往伐雄岛（Vashon Island）的渡船上等处皆可随时见得，人在这些移动的机器上稍做相聚，然后各奔东西。有些人先抵目的地，下车去了；有的人还要再熬一阵，才能脱身。不少人后来居上，没行多少路，便飘然得赴定点；然他这段旅途虽已快要完成，焉知不是下一段迢迢长路又即开始。

旅途二字，意味着奔走不歇。它给人生不自禁地下了凄然的一面旁侧定义。不言旅途，人生似乎太过笃定，笃定得像是无有，又像是太过冗长。倘言旅途，则原本无端的人生，陡然间增出了几丝细弦，从此弹化出不尽的各式幻象，让人或驻足凝神，或掉头他顾。

　　旅途中的女人自是幻象一种，一如旅途中有山有水，有卖唱声，有汽笛声，有瞪大眼之时，有瞌睡之时，在在各依当下光景及心情而呈与时推移的意趣，那是可能，而非定然。幻象也者，正指的是与时推移。

　　人在旅途中更容易被环境逼使而致收敛成冷静甚或真空（那是在一个不讲话的社会里），也于是更可慢条斯理地摄看周遭，而因此往往看向那细微的人情部分。那女人正在看书。书加上她，便是她当时的全然自由世界，与俗世隔绝。这替其他过客造出一幅旅途景象——寂寞而迢迢的长路。而那坐在对边的女子低着头，像是在看着自己的手，或手上的戒指，那么无关宏旨的动作（甚至根本没做动作），你却一丝不苟地用眼睛轻巧而自然地记录下来。为什么？便为了虽然上帝把你们安排在同一节车厢，幻象的取舍却在于你自己，你一径有你个人不能释怀的事或物，要在即使是稍做短暂停顿的移动迅速之车上，也会劳师动众地去寄那愁思。

　　旅途中变化无穷的景致，未必能转移你固执的视点而达至所谓的"目不暇给"。看东看西一阵后，你总还是看回你自己、看回你心中一直还企盼的某一世界。倘你心中想的事不能由旅途中得见，眼虽不停顾盼，竟是视而不见。

　　旅途或许只是人生中的一半，另一半须得在下了车后再去谋取。古人诗谓："旅途虽驱愁，不如早还家。"确然，多少人在下了车后兴出好几许的怅惘，然总得在下次再上路前将前次心中涟波摆平，而后面临另一未知的新境界才算不虚此行。

　　旅途中的女人，经由这特殊的周遭情势（车船上的不得言传之社会），呈现出某一种凄迷的美。这份可能的美的感受是只能提供给同车同船的不相干之过客，不是提供给她的同事、邻居或她的丈夫或男友。很可能她的同样品质在相识人的眼下，不是美而是丑，不是安静的气氛而是许多不愉快经验集合而成的隐忧。过客不处理进一步的事体，亦不负担历史，只是隔岸观雾，因而更能察受其美。此亦是人生无可奈何之处。

　　旅途所见，看过也就算了。幻象若要硬加认真，当落了真实，便往往失其幻象之妙了。这也便是旅途中的女人始终让人不厌于目接却又看之不清的道理。

一九八四年

外地人的天堂

——纽约

每隔一两年会去一趟纽约出差开会或过节探亲的人，必然是最能喜欢这个大城的。

他们下了飞机，一住进一家旅馆，便已迫不及待要开始对这城市有所行动，希望在公事以外其他时间里把节目安排得格外紧凑。

例如他打算看一场百老汇的戏，这场戏他在得州（得克萨斯州）平时看《纽约时报》时就梦想要看。他还打算趁一个午餐时段跑一趟男装老字号的 Barney's（第七大道与十七街）去选购一条领带，要下星期送给一个多年同事。

再赶到上城的 Bergdorf Goodman（第五大道与五十七街）去选购一双玻璃丝袜送给太太，不只送她可以穿的，也同时送她这个牌子的华贵感受。这么紧凑的中午，他不介意吃一个街上摊子的热狗（还说服自己：既在纽约，便吃纽约客所吃的），也不介意坐计程车往上城而去。当然中途遇到红灯，他虽知在纽约市红灯不准右转，但心里仍有点不爽，等待的时间照样要跳表。而码表旁的司机姓名永远是他从来没见过也绝对不会发音的。

早晨他自旅馆出门，往公干的地方而去，往往可以走路。他特别在行李中带着卡其色风衣，以便穿得像曼哈顿人。走路也以快步，与本地人的飞奔步速完全搭配。他这么做，是因为纽约市这一趟旅途令他兴奋，但他的脸一时还学不来纽约人的自然冷漠。他有时也乐意一乘地铁（虽然并不需要），看见车厢上及车站都充满涂鸦（graffiti）。纽约人或许引为脏乱，而他则置身事外，搞不好还觉得花丽有趣。深夜在旅馆电视新闻上看见某一区有人犯罪，他看过则算了，像是电影中发生的，因他不住在这里。

他不知道地狱厨房（Hell's Kitchen）在哪里（虽然离他住的旅馆只隔几条街），也有些公司朋友住在都铎城（Tudor City）这个四十二街东边尽头的公寓群里，但他去过连许多纽约客都没有去过的自由女神像脚底。他不但去过有名的中央公园、华盛顿广场公园，还去过格拉姆西公园（Gramacy Park）这个只许左近居民用钥匙才得进入的"私园"；但即使如此，他仍然不知道这个尊贵雍容之区旁边存在着不少供穷苦老人栖身的SRO长期旅舍（Single Room Occupancy，单身旅舍，有的人一住数十年，每月付八九十美元，房间只容一床，往往臭不可堪）。

他不甘于蹲在旅馆房间里看电视，心想纽约人真幸福，有那么多丰富的表演节目让夜晚永远不够用，却不知当年《朱门恩怨》（Dallas）电视剧集在全美当红时，全国收视率最高的城市，竟然是纽约市。那些排长龙等着买百老汇戏票的人群，跟他一样，大多是从外地来的。据统计，每天自外地涌进纽约市的人数比田纳西州的首府纳什维尔（Nashville）的所有居民还要多。从每一个礼拜平均有约四千吨的新闻用纸被拿来印刷《纽约时报周日版》（*Sunday New York Times*），就可知道纽约人的假日也可以是极单调的。

外地人一向认为纽约是才气荟萃之地，这点大致不错，但少年霹雳舞者的产生，原初不是为了符合舞台上需要，是太多穷区家里住得挤，孩子们必须在街上玩，而街上丢弃的废纸板及旧床垫又多，翻翻滚滚，跳跳蹦蹦，就这样蹦出来了。就好像消防栓喷出水花，不是电影中匠心独运的多彩街景，是热暑下穷街孩子取得凉快的调皮之举。同样道理，全身紧扎、背着尼龙信袋的飞速穿梭的特快送信自行车骑士，他们能从仅隔一英尺多的两人之间咻地穿过，那份狠准，虽也是曼哈顿的街头表演艺术，但本质讨的是送信（messenger）那碗高度竞争的饭。上西城（Upper

West Side）在百老汇这条大街上如雨后春笋开出来的众多名唤四川云云的中国餐馆，也是有极重的送外卖比例，于是自行车骑得快否，与小费极有关系。而这小费有时还要被分掉，往往一个假装叫外卖的电话骗那送饭者上了某一公寓的三楼，就在楼梯转角把他抢了，抢他身上的钱及热腾腾的饭菜。

但是说纽约犯罪多，却又总是说得比现实夸张一点。这就像"洛克菲勒中心"这几个字对观光客而言是如雷贯耳，但人抵该处，实不知有何光可观。夸张，或以讹传讹，是纽约的重要"风情"之一。就像"纽约式牛排"被你在西部沙漠上的赌城拉斯维加斯的餐牌上瞧见，一吃之下，且不说有否倒胃口，但真不知它纽约在哪里？至于"纽约比萨"（New York Pizza），每个街角皆可买到，有的味道固也不错，但大半是粗食滥品，过湿过酸的番茄酱、过多过硬像口香糖的 cheese，竟然成为它的典型商标。

外地人通常不需要在纽约买旧书。所以他运气好。纽约是有全美国最好的新书店的城市，也同时拥有全美最坏的旧书店。像 Books & Company（939 Madison Ave.）的文学书籍之丰富与深入，像 Rizzoli（第五大道与五十六街）的美术类书籍及优雅的室内空间与精妙极矣的巧思陈列，甚至像 Barnes & Noble 这样有大量减价书的书店，这些皆是纽约新书店的难得优点。但那家自称最大的旧书店 Strand，却像堆废纸的仓库，好书不能算多，并且设计极差，顾客的进出动线完全无法引导，委实不像纽约书店应有的文化气氛，倒像是少数民族从原先的石油业或罐头业突然插手进来的新投资事业似的。

外地人大约也不介意搭乘一下地铁，因为那是纽约的脉搏。但是他只能在几个明朗的车站进出，乃他早被告以有些危险区域不可去，于是 A 车、B 车、1 号车行经的一百六十八街车站里的电梯当非他应去的。只要想象深夜就你一人走进，突然另一人也快步窜入，接着电梯铁门合上，那是何等恐怖的景象。往往两人皆屏息低目，却心中暗自祈祷。门再开启，两人方呼出一口大气，谢天谢地快步走出。

纽约地铁，始终给人电影剧情般的传奇色彩，而全世界有太多的人经由好莱坞的惊悚片认识了地底下的轰轰隆隆纽约。并且观影者与编导者多年来共同将纽约地铁塑造成"想当然耳的犯罪现场"。

说到犯罪，仍然又是不免夸张。可以说地铁的犯案之实，原没有其气氛上的险恶更令人感到恐怖。

多半的罪案发生在车站而非车上，像月台上，特别是月台与月台间的甬道上。正因如此，许多乘客，尤其是妇女，在十四街要从 IRT（1、2、3 车）转乘 IND（B、F 车）时，宁愿走上地面，多花一个代币（token），经过街面再下到另一个入口去乘车，用这样的方法避开那幽暗而长达一整条街的深邃甬道。这个代币花得绝对值得。

外地人也不至于用乘坐地铁来当作玩乐，例如乘 A、

B、D 这种快车（express），走到最前面一节车厢的窗口，开始自五十九街（哥伦布圆环）坐到一百二十五街，这段长达三英里有余完全不停的旅程，被称为"二〇〇一太空漫游的地底版本"，只见车灯照着两条发光铁轨，弯来折去，伸向前方无尽处的黑洞。偶有小物晃动，你会怀疑是占守这片偌大地下宫殿的主人——老鼠。间而车轮与铁轨之不畅接触，致电光闪爆，亦令耳目直瞪着线形的通景之余，得一切分之节拍。这是一趟纽约的独绝节目。许多人灌饱黄汤而来，也有人熏完大麻上场，这些是更内行了。

纽约市地铁共长两百三十七英里，某个吉尼斯（Guinness）纪录保持者从头到尾坐完一次地铁全程，费时二十二小时又十一分半钟。

外地人会喜欢 SOHO，也知道 SOHO 是 South of Houston（豪斯顿街以南）的缩写，但未必知道 DUMBO（District Under the Manhattan Bridge Overpass 之缩，意为曼

哈顿桥下厂房区）；前者现在已没有新起艺术家住得起的厂房（loft），只好往后者进发。外地人不必急着知道，因为他不住这类厂房。当 DUMBO 变成美轮美奂时，他自然会，也乐意，知道。

他也不必知道纽约报上说的"四房公寓出租"这四房之意。当然不是他心目中的"四个卧房"，而是厨房、浴室、客厅、卧房这四个房。在别的城市，这是所谓的"一卧房公寓"；而在纽约，月租可能高达一千五百美元。外地客不需知道这类头痛的事情，因他住的是旅馆。若是公司付钱，他可能住喜来登中心（Sheraton Centre）；若是他自掏腰包，他可能住一夜五六十美元的外交官酒店（Diplomat Hotel，108 W.43rd St.）、雷明顿酒店（Hotel Remington，129 W.46th St.）这类剧院区的旅店或格林尼治村的华盛顿广场酒店（Washington Square Hotel，103 Waverley Place），而价钱与纽约人的房租居然很接近了。

外地人不买菜，所以不知道纽约人这方面的苦恼。纽约市的菜场大多挤挤的，菜色旧旧瘪瘪的，萝卜总是黑泥罩身，你以为它刚从土里出来，手一捏，却是软的。即使是雅皮式的小型菜场，鲜蔬与生肉亦未必有好货品。

当然，菜价也不便宜，大城市嘛。住在中国城左近之人，中午买菜自己做饭，可能还没有吃一客广式碟饭来得划算。

纽约的偏郊小馆倒是有廉宜饭菜，像曼哈顿西一百六十、七十、八十街的百老汇大街上［也就是所谓的华盛顿高地（Washington Heights）］的西裔人家常小馆，两三美元可以吃到很浓香的大锅汤（有时猪脚，有时牛肉，混以地薯、玉米等各类蔬菜）再带些面包。另外像皇后区（Queens）的皇后大道上到处皆是的希腊食堂（Greek Diners）的"双蛋早餐"，除了两个蛋、两片烤面包、煎马铃薯末儿及无限制的咖啡外，还带一杯柳橙汁，总共一点七五美元。

这类便宜饭自然是本地人吃的，有时还真难吃（像双蛋早餐），外地人本不应观光观及于此：然而纽约的族裔食物过于有名，所以外地人打定主意要到下东城（Lower East Side）的犹太老店 Katz's（205 E.Houston）去尝一下犹太"斋菜"（kosher）。外地人也知道走到柜台，等切肉师傅切下一片"五香牛肉"（pastrami），先尝一口，再决定要的这种老派规矩。但他不见得知道，在尝肉时，附上一个二十五美分的小费，等会的 pastrami 三明治会大一点这一节。

外地人不时会注意到纽约人喜欢"闲扯"（schmooz），各处街角或店里皆有人评东论西，不少人声色俱厉，手势夸张。这可能和一个老大的城市一径有的无尽难解之事态有自然的因果关系。纽约人一天要拨四千九百万通电话。这些话，当然，不只是英语；全世界有多少种语言，纽约的电话线就能负载多少种。这些话，不论是谈情说爱或洽谈业务，和地铁的穿梭与废水的排除一样，同时在地底进行，轰隆隆又哗啦啦，兼带着 See you 及 Hello，没有一刻停歇。从一千三百五十英尺高的世界贸易中心顶楼，直到地下一百八十英尺深的 IRT 地铁在一百九十一街车站的地底最深处，始终有人的声息。这就是纽约，上天下地。

不知为什么，纽约给人一种"不是属于小孩"的感觉，儿童不容易大量地在路上见到。大概他们都在他们该在的地方。在周末晚上的格林尼治村，见得到不少青少年，但不见得是城里人，可能来自康州（康涅狄格州）的桥港（Bridgeport），也可以是来自新泽西州的帕特森市（Paterson）。他们来此找寻大量的人群、连绵的灯火及一份只有大城市才有的热闹。他们来此不为高级餐馆，不一定为音乐与酒，不为"游车河"（cruise），因为纽约车是开不动的。纽约的文明和他们的文明，中间不只是隔着一条哈德逊河。

外地人去的博物馆是像大都会美术馆；广播博物馆（Museum of Broadcasting, 1 E. 53rd St.）及拳击名人堂

（Boxing Hall of Fame, 120.W.31st St., 6th floor）等特殊兴趣之
收藏馆，只有本地的内行人才会去。

纽约的电影院，没有减价的下午场（matinee），并且
票价飞涨很快，从五美元到五美元五十美分，再到六美元，
再到七美元，皆是很快的工夫。再加上戏院不断改装成更
多的小厅，使得观影愈来愈不像在这样一个宽街、高楼、
光彩耀目的大城市的一桩事情似的。同时，这票价有点像
是开给外地客的，就好像本地人都窝在家里看录影带一样。

我喜欢做纽约的外地客。每隔十个月或一年半见它一
次面。

刊一九九〇年六月十一日

《中时晚报·时代副刊》

托友人代订车等旅游事

懿德兄：

前日通完电话，请代打听北京租车事；今接传真，知已觅得金杯十二人座面包车，每日六百元，不另付司机劳务费及汽油费，仅高速公路过关费与司机吃住由我们负担，如此甚好，正合我意，谢谢。

弟等五人，将于下月三日抵北京，停一晚，四日一早出发。兄言所订之友好宾馆是四合院式，仅费二百多元，听来颇吸引人，无奈来去仓促，无暇享受。

我等此次的北方山岳之旅，原则上用七天时间，游看太行山、五台山、恒山、云冈石窟，最后向东返回北京，整个绕一圈。

　　这些地方弟皆未去过，所订路程只是粗概，四日一早，由北京向南，先赴定州，欲看开元寺塔。继往西至曲阳，拟看北岳庙，即明朝以前所谓"祀于曲阳"之北岳庙也。明朝以前之北岳，并非定于今日山西浑源之恒山，而定于河北之曲阳；然今日之曲阳县城虽有北岳庙，不知北岳之山是否就在近处？弟曾在某篇文章上读过大茂山乃古时北岳，然手边地图寻常，无法见其标示。又几年前曾在唐县一段的太行山游经，于川里附近见山岭层层，备极眺望之乐，致有今次太行山行旅之念。兄若得暇，何妨代为探询，并请代购《河北省地图册》及《山西省地图册》各一。

　　太行山南北绵延六百公里，弟不知该选何段穿越，只能姑择曲阳以西的阜平通过龙泉关、长城岭以进入山西五台山的这段徐霞客踪迹路道，不知算否佳径？县称阜平，会不会平低无奇？霞客谓"山自唐县来，至唐河始密"，难道弟昔年所匆匆走经的沿唐河之川里等村才是山景险奇的一段？唉，知浅识少，也只好瞎闯了。

　　若更南下，自正定（可看隆兴寺）西向井陉，固可登临苍岩山，据说峰险势奇，再由娘子关进入山西，亦是一径；但路程拉得太远，也实太过贪心，看来不该放在这次行程。

　　五台山，主要想看佛光寺及南禅寺这两座唐代殿宇。建筑大师梁思成（梁启超之子）在二十世纪三十年代考察古建筑，于荒远小村乍见佛光寺，惊讶其寂光幽存，未受破坏，如今六十年过去，自图片看去仍气象洒然；再自地图考去，它与南禅寺俱与众庙所聚之台怀镇相距很远，达几十里山路，或许游人稀少，甚至台湾的烧香团也不愿去，这种清幽，正是我们要的。人说五台九月飘雪，年均温仅得两三摄氏度，何等高僻不易近临，又加方圆广阔，才使得我们有包车之需。

　　五台后，将北行，越繁峙县界，往应县与浑源。既称繁峙，想必山岭密叠。应县，拟看辽代木塔，高有今日楼房二十层，全系木构，想必壮观，其中辽时巨型泥塑佛像据云保持完整，当极可观。浑源既是北岳恒山所在，又称浑源，想是浑河之源（如涞源是涞河之源，河源是黄河之源）。而河名叫浑，可猜想河水浑浊，或是黄土地之一段区域亦未可知。恒山有悬空寺，因武侠小说而名声大噪，自会去看；而浑源城内二古刹永安寺及圆觉寺，也将顺便一游。弟近年游历心得之一是凡不甚有名而又偏处僻地，却又是古代重要塔庙，常有惊异之喜；往往不宜轻易放过。

接着北上大同，主要看北魏的云冈石窟。也拟看城内的善化寺与华严寺，辽时物也，乃吾人较不熟悉形制，亦南方少见者。

大同之后，便径奔东，回返北京。路径选择不多，或只能采一〇九号公路，经阳原、宣化，抵怀来，再经延庆、昌平，返抵北京。

兄自香港调来北京工作，转眼三年，北地风土想已习悉，我等五人到时，兄言将出差南方，若有叮嘱，可留言贵公司职员转我。弟以上粗拟行程若有不堪履行或不值探看者，请亦知我。

多年未去北京，人说三里屯已成西人酒吧乐园，加以外销成衣及翻版 CD 更加助北京年轻人穿戴帅劲、视界开扬，应颇可喜。西洋 CD 据云一张十元，不知有翻冷僻唱家否？如乡村的 Jimmie Rodgers、Hank Williams，如蓝调的 Mississippi John Hurt、Skip James、Furry Lewis，如弹吉他的 John Fahey、Chet Atkins、Leo Kottke 等不知好找否？又昔年老京剧有无制成 CD？梅兰芳、马连良，港台亦好买，杨小楼则从未见过，弟抵北京，应逛何店？亦请指示。谢谢。

国治

刊一九九九年十月二十八日

《中国时报·人间副刊》

理想的下午

　　理想的下午，当消使在理想的地方，通常这地方是在城市。

　　幽静田村，风景美极，空气水质好极，却是清晨夜晚都好，下午难免苦长。

　　理想的下午，有赖理想的下午人。这类人乐意享受外间，乐意暂且搁下手边工作，乐意走出舒适的厅房、关掉柔美的音乐、合上津津有味的书籍，套上鞋往外而去。

　　也只是漫无目的地走，看看市景，听听人声。穿过马路，登上台阶，时而进入公园，看一眼花草，瞧一眼池鱼。拣一方大石或铁椅坐下，不时侧听邻客高谈时政，嗅着飘来的香烟味，置之一笑。有时翻阅小报，悄然困去。醒来只觉眼前景物的色调略呈灰蓝，像套了滤色镜，不似先前那么光灿了，竟如同众人散场多时只遗自己一个的那股辰光向晚寂寂。然一看表，只过了十五分钟。

理想的城市最好有理想的河岸，令步行者视野清敞；巴黎的塞纳河恁是得天独厚。法国人最懂在河的两岸构建壮观楼宇，供人几百年来远眺景仰叹赞指认，这或许没有一个城市及得上它。塞纳河洵是巴黎最富流畅、最显神奇的动脉。即河上的一座座桥梁亦足教人驻足依依。纽约的东河、哈德逊河，柏林的史普利河，台北的淡水河等皆非宜于悦目散步的岸滨。

然而理想的下午，也常发生在未必理想的城区。不是每个城市皆如巴黎。便在喧腾杂沓的自家鄙陋城市，能闹中取静，乱中得幽，亦足弥珍了。

理想的下午，要有理想的街树。这也是城市与田村之不同处。田村若有树，必是成林的作物，已难供人徜徉其间。再怎么壁垒雄奇的古城，也需有扶疏掩映的街树，以柔缓人的眼界，以渐次遮藏它枝叶后的另一股轩昂器宇，予人那份"不尽"之感。然而街树成荫的城市，举世实也不多。旧金山先天是一沙丘，仅公园里有树，路上及人家皆养不出什么树来。高度发展的城市，如纽约、伦敦、东京，则早倾向于权宜之投机，把树集中在大型公园里，美其名为都市之肺。倒是开发不那么急切的新奥尔良、斯德哥尔摩等中型城市，树景颇佳。

理想的下午，宜于泛看泛听，浅浅而尝，漫漫而走。不断地更换场景，不断地移动。蜿蜒的胡同、窄深的里巷、商店的橱窗，就像牌楼一样，穿过便是，不须多做停留。博物馆有新的展览，如手杖展、明代桌椅展这类小型展出，或可轻快一看。

走逛一阵，若想凝神专思片刻，见有旧书店，也可进入浏览。一家逛完，再进一家。有时店东正泡茶，相陪一杯，也是甚好。进店看书，则博览群籍，不宜专守一书盯着研读。譬似看人，也宜车上、路旁、亭下、河畔，放眼杂观：如此方可世事洞明而不尽知也。

山野农村所见不着者，正是城市之佳处。却又不宜死眼注看，以免势利狭窄也。两车在路口吵架，情侣在咖啡店斗气，皆目如垂帘隐约见之即可。

理想的下午，要有理想的街头点心，以使这下午不纯是太过清逸。纽约的比萨、热狗显然不够可口；一杯 Egg Cream（巧克力牛奶冰苏打）倒是解渴沁脾。罗马、翡冷翠的甜点蛋糕，鲜润振人心神，口齿留香。台北的葱油饼，员林的肉圆，王功的米糕冰棒，草屯的蚵嗲，北京的烤红薯，也是好的。最要者，是能边走边吃。

有时在广场或车站，见有人群围拢，正在欣赏卖唱的或杂耍的，驻足欣赏，常有惊喜。巴赫的《上帝是全人类的愉悦》以电吉他铿锵流出音符，竟是如此的振你心弦，一波推着一波，教人神往好一片时。流动的卖艺者，一如你我，也是期待一个佳良的下午，一个未知的喜悦。

　　理想的下午，常这一厢那一厢飘荡着那属于下午的声响；人家墙内的麻将声，划过巷子的"大饼——馒头——豆沙包"叫卖声，修理皮鞋雨伞的"报君知"铁击声等，微微地骚拨午睡人的欲醒又欲依偎，替这缓缓悠悠难作数落的冤家午后不知怎么将息。声响，一如窗外投进的斜光，永远留给下午最深浓的气味。多年后仍旧留存着。声响及光线，也竟然将平白的下午能以时代划分浓淡氛味；四十年前那个时代似就比今天浑郁。

　　音乐，岂不亦有下午的音乐？萨蒂（Erik Satie）的《我要你》（*Je te veux*）像是对美好下午最雀跃的礼赞。

　　理想的下午，要有理想的阵雨。霎时雷电交加，雨点倾落，人竟然措手不及，不知所是。然理想的阵雨，要有理想的遮棚，可在其下避上一阵。最好是茶棚，趁机喝碗热茶，驱一驱浮汗，抹一抹鼻尖浮油。就近有咖啡馆也好，咖啡上撒些肉桂粉，吃一片橘皮丝蛋糕，催宣身上的潮腻。

俄顷雨停，一洗天青，人从檐下走出，何其美好的感觉。若这是自二十世纪三十年代北京中山公园的来今雨轩走出来，定然是最潇洒的一刻下午。

理想的下午，常伴随着理想的黄昏；是时晚霞泛天，袭人欲醉，似要替这光亮下午渐次地收拢夜幕，这无疑教人不舍。然下午所以理想，或在于其短暂。

一个世故丰蕴的城市，它的下午定然呈现此一刻或彼一刻悠然怡悦的气氛，即使它原本充塞着急急忙忙的工作者与匆匆促促的车阵。

为了无数个这样的下午，你我一径留在城市。然在随时可见的下午却未必见得着太多正在享用的人。

刊一九九九年八月二十六日

《中国时报·人间副刊》

推理读者的牛津一瞥

壹

英国的全境，只得萧简一字。而古往今来英国人无不以之为美，以之为德；安于其中，乐在其中。

即牛津如此雅驯古城，离开人群商店几十公尺，便见墙海冷冽，长巷幽寂。北京传统上亦是墙海之城，墙与墙之间是为人穿梭之径，是为胡同；然北京之墙，是矮墙，墙上有石榴花果含愁带笑，墙内时有炊烟人声，浑然安居气象；牛津这墙海，墙高如城，墙内声响隔绝，森严如禁，人步经此处，不是穿过家园。老舍的《我这一辈子》小说中警察所时时巡走的北京胡同，与同样中年苍凉的莫尔斯探长（Inspector Morse）——推理小说家柯林·德克斯特（Colin Dexter）笔下主人翁——所时时开车经过的牛津石路，风味迥然不同。老舍的警察时时探看寻常人家的户口家居，颇具柴米油盐人情之常；德克斯特的探长时时探看的，倒像是神与法理这种谋求持平的科学哲学之实证业作。

牛津的墙，围的是教堂般的学院，墙内种种，外人只能猜度是庄严肃穆。若自半掩的古旧木门窥探，只见片面的绿地方场，及方场后的楼墙。这样的门景，东一处西一处，几十处，游人窥之探之，一两小时下来，便约略得到一抹牛津的初始印象——沉静分隔。

这毋宁是十分有趣的。而这抹印象实也是牛津的本色。

当外人推门进入，不管是贝利奥尔（Balliol）学院、是莫德林（Magdalen）学院、是基督圣体（Corpus Christi）学院，或是王后（The Queen's）学院，眼前马上一亮，不觉一步步巡走于雕壁拱廊与如茵方场之间，不觉时间之静悄流逝，只是备感这修学境地沁浸人心，一进又一进。

若是不经意走进了伍斯特（Worcester）学院，一两个穿梭，竟来到一片林子，古树参天。再往深处，潭水碧绿，有雁鸭栖息。绕着潭水行去，绿野开阔，又是一片洞天。人在墙外，何曾料到这样一场见识？

至于从最热闹的主街（High Street）走进植物园（Botanic Garden——全英最早的植物园），形制古朴，格局严正，有一袭荒疏却端雅的迷人气质，令人不愿须臾离去。它也临着一条河——查韦尔河（Cherwell River），河旁树影迷离，沿河向南，走没多远，竟见一条宽阔砂石步道伸往远处，便是有名的"宽路"（Broad Walk）。行于宽路上，教人不愿快走，生怕把它走完，乃路两旁的辽瀚"草原"太美了。它的美，正是英国特有的萧简，无怪马克斯·比尔博姆（Max Beerbohm）在《朱莱卡·道布森》（*Zuleika Dobson*,

1911）一书中要说："这些草原湿润的香气，便即牛津的香气……即是牛津的灵气所在。"他还说他宁愿让英国的其他山川沉到底，也不愿令牛津离异这片蒙蒙佳气之福地。

诚然不错，牛津便有这蒙蒙佳气，它的草、它的露，熏陶了众多佳士。

贰

然而多半时候，人还是走在墙外的牛津街道上。这些古朴斜曲的街道，在大片的学院用地区隔下显得狭小不够用，令人总觉得汽车太多，并且觉得开得太快（每等完一个红灯，必须迅速开过）。

也因此走在牛津长墙紧夹的街道，总不自禁行色匆匆，譬似行于雨中。简·莫里斯（Jan Morris）在一九六五年的

《牛津》（*Oxford*）一书就引过某人说的一句话："牛津这城市，那儿总是有太多钟声在雨中敲得当当响。"

人不用看到钟、不用看到学院内室，只需在街上听到钟声看到院墙，便知道这是什么样的一个城。牛津本色，沉静分隔。而牛津的雨，更增添这份沉静分隔。人在这个大型街巷迷宫中走路，三年或是三十年，必然很受袭染这特殊气氛；一旦沾上了，搞不好依恋它一辈子。

钟声，永远制造一股氛围，如同雨。牛津的城中心，叫 Carfax，有人说来自法文的 quatre voies，意谓"四条路"，即由 High St.，Queen St.，Cornrnarket St. 及 St.Aldate's 交会构成，四条道路簇拥的高塔称卡法斯塔（Carfax Tower），塔上有钟，钟上有两个机械小人，每十五分钟（quarter）敲一次钟，故被称为 Quarter Boys。若莫尔斯探长恰在近处经过，听到钟声，或许会低头看一下表，对一对时。推理小说，先天上便和时间极有关系，不但要究 whodunit（谁杀的），也要究 whendunit（何时杀的）。自古以来，推理小说便不能排除时间这个道具，甚至这个主角。

每天晚上基督教堂（Christ Church）正门的汤姆塔（Tom Tower）上的钟，七吨重的"大汤姆"（Great Tom）会在九点零五分敲一百零一下。敲一百零一下是为了呼应一百零一个创校学生的数字，而之所以是九点零五分，乃为了牛津比格林尼治稍西，于是将宵禁的九点，多移后那稍差的五分钟。

叁

牛津的城市格局虽然冷峻，人烟并不稀疏，甚至它的近郊颇有工业气象，莫里斯汽车厂（Morris Motors）便在此。当然城中心仍然文化氛围很重，美术馆、剧院、电影院丰富，书店更是多，位于博德利（Bodleian）图书馆与谢尔登（Sheldonian）剧院对面的布莱克韦尔（Blackwell's）书店，成立于一八七九年，据称有十七万册存量，亦是外地客的游逛重点。近年来，牛津的旧书店看来已渐低落，也就是，若你千里迢迢来此以为可以买到选择丰藏的旧书，失望之情可能不免。单 Blackwell's 这种闻名遐迩的老字号的旧书部已然缩小，除了"凡人文库"（Everyman's Library）所藏尚丰外，其余较之寻常小镇的旧书店未必稍胜。

　　所有英国城镇的通景，是酒馆（pub），牛津这学术重镇，也不能免。观察英国人不能只在马路上及公园里，这类地方英国人比较不易呈现多重表情。酒馆才是英国人共同放情的客厅。学生去，教授去，三教九流的人去，于是警察办案也必得去。德克斯特笔下的莫尔斯探长不时要在酒馆里稍停，不论是约人、打探情报、观察过往人客，或是思考线索，但看来最主要的，是他自己爱喝个两杯。

　　于是他活在英国这种酒馆处处的北国正是适得其所，

并且活在教堂尖塔处处、学院壁垒严阵密布这种神圣庄正外表却人类心灵随时可能腐化的牛津老城更是适得其所。条顿式（Teutonic）的人性压抑与爆发，何等确切的场景，牛津其是。

《昆恩的静默世界》（*The Silent World of Nicholas Quinn*）写成于二十世纪七十年代后期，正是牛津这古城开始鄙俗化之时，路上汽车声愈来愈大，酒馆里已渐少酒客喧唱 *Come All Ye Fair and Tender Ladies* 或 *House Carpenter* 这类苏格兰民谣而代之以扩音机传出的嚣闹的美国摇滚乐，尼古拉斯·昆恩（这名字正巧显示他的古板）当然不想听见。他的半聋方得勉强保持一个古远平静的牛津，就像我们用摄影机不收音地拍摄下的牛津。

英国传统强调的"公平竞赛"（fair play）既在鄙俗化的二十世纪七十年代以来愈见其消落，生长于林肯郡斯坦福（Stamford——伦敦以北两小时车程）清苦家庭的柯林·德克斯特，父亲开计程车营生将他们三个小孩拉拔向上，柯林总算考上 Stamford School for Boys 的奖学金，在少年时有幸被授以拉丁文、希腊文及古典文学这种贫家孩子不易获得之素养，遂造成他日后小说中于世道不公（如特权、贿赂）之独特描写，并且将他的英雄——莫尔斯探长——设置得不仅极其平民阶级，甚而有些中低阶级的颓唐陋习了。

肆

英国原是善于规范的民族，如今举世所有服务业（如侍者等）所穿的西装、西裤之标准黑色，便是由英国人在十九世纪三十年代后制定形成并传播于世界各地的服装颜色。

哪国人不骑马、用马？但马帽、马裤之制，亦只有英国人方能令其严律成模样。

英国的各种制服，恁是能长久袭用。如今太多的女校仍多戴着端方直硬的西班牙草帽。

这种规范之习，也见于伦敦地铁靠站时车掌频频拉慢声调所唱的 "Mind the Gap!"（留心月台隙缝）；巴黎地铁也有隙缝，但极少播音提警。又伦敦地铁上处处是扶手、吊环，防人晃动跌倒；巴黎地铁里少有扶手，且完全不设吊环。民族性好规范、不好规范于此立判。

然近年来英国的规范也乱了。公共场所的大门，由外入内究竟是拉抑或是推，完全没有准则（这点美国全国一致，由外入内必拉，由内出外必推），倒是颇令外人惊讶。再就是水龙头究竟是左热水、右冷水，抑或是右热水、左冷水（台湾全岛一致，左热右冷），居然也极混乱，我几乎不敢相信。

这种规范的逐渐丢失，看在童年严受学校规范（体罚当时是自然不过的事）并总是名列前茅的穷人家孩子德克斯特眼中，当然不免会投射在其侦探小说中。尼古拉斯·昆恩看来不是富家出身，应该也是苦学有成，以真才实学谋得工作，并且如德克斯特述说自己求学时一样，是一个"书呆子"（swot）。

德克斯特小说中的"马与喇叭"（Horse and Trumpet）酒馆，看来充满各式人等，并多得是中下阶层（传统上，上层社会及矜持淑女仍以上大饭店的酒吧为宜），然踏遍牛津，不见这个名字；有的只是 King's Arms，只是 Nag's Head，或是那家始于十七世纪的 Turf Tavern。与马与喇叭起名意趣相近的还有老鹰与小孩（Eagle & Child），羊与旗（Lamb & Flag）。酒馆中坐的人形形色色，点 Morrell's Bitter 啤酒的也多得是，却看不出哪个是莫尔斯。

牛津依然是个清丽的地方，即它的"有顶市场"（Covered Market），货色铺摆极有品位，也令人逛看怡然，非荒陋市镇堪有。

虽然观光客极多，然它的旅馆并不狂野地飙增，城中心的老旅馆 The Randolph Hotel（兰道夫旅馆），建于一八六四年，属哥特复兴式，当年颇受文人约翰·罗斯金（John Ruskin）的赞赏，如今其外观与内部仍保持简净形样，不愧是老派风格。

牛津大致看去，餐馆也不怎么见有奢华者，这点也看出它的好教养——英国教养。然并不意味此地没有好菜，据行家评说，全英国最好之一的法国馆子竟是在东南郊大弥尔顿（Great Milton）村的四季农庄餐厅（Manoir aux Quat Saisons），可惜在牛津盘桓的时光太短，只好待以来日了。

刊一九九八年十月二十九至三十日

《中国时报·人间副刊》

早春涂鸦

当日复一日的报纸来得太快，而仓促间人依然接受其重复，且囫囵吞下；当电视所呈总是各台一同，连珠揿按遥控器只益发多次温习同一昨日今日明日皆必有的事件；当老友相聚几要聊及新话题，却一岔上社会一径存在的话题，随后一整个晚上终究是老调重弹而人恍不能觉；这样的日子，显得很快，眼看周末又到了，而孩子又提议吃麦当劳，吃完逛店买 Hello Kitty，竟然也是上个、前个、大前个礼拜同样的节目；如此日日月月下来，不知是否暗示着人应该出趟远门了。

这样的出远门，几趟下来，如仍觉得日子无趣依旧，或许这远门出后根本便不该回来，永远地在外了。

多半的人，还是回来的，不过换个姿势，再来一次，报纸、电视、话题、麦当劳。

不妨称之为文明的巨力。文明的最明显通象是惯性。愈是深浸文明、服膺文明的人，愈是依循惯性。随眼镜的滑坠去时而推顶一下镜架。习于索看时刻表。每每探询气象。不忘查看手机及电子邮箱。倘住居在比村鄙之乡要看似进步而比古雅之境却要荒疏地域之人，最易循沿起床、暖车、上班、回家、钻进被窝打开HBO，时而进家乐福购一些家中要用却未必要堆栈之物，周六打球……继而每隔一阵略做更换；换一部车，迷上一种新球类，多吃一味维生素，加买一个手提袋，换试一样染发剂，改一个拉斯维加斯的赌场去赌，改穿没领衬衫一段时间。

这种从甲惯性稍变而成乙惯性，并乐于品赏钻研各惯性的边饰旁花，便是能在反复三五种惯性中把一生相寄了。这样的人众像是不自禁地等待一场战争或离乱，如此便将

他平淡笃守的历史好似表现出来了，否则这本小说没有起
伏变化。须知愈是忠于惯性生活的人愈是喜欢看剧情跌宕
的人。美国电影会拍成石破天惊、光炫逼人，不禁教人猜
想那个国家的人日子过得平宁板钝。美国辽阔的大地，平
远的山河，本让夜空下安静的子民遥想车撞枪响、幽浮降
临等惊世骇俗之奇梦。

乃美国不自禁已是这百年来文明的一桩简明版本，其
人相互模仿因循的动作，明朗简易，最易传习；手握可乐
瓶，另一手将所买切片比萨以拇指与中指撑开虎口托住饼
尾、食指居中微微按住似要折卷，如此将饼尖送入口中。
这类动作连台湾小孩也立染即熟；动辄喊句"Oh Yeah"；
捧一篮球走往球场的一颠一顿如有律动的步姿俨然要教人
以为其先祖来自非洲。

循易蹈简，而效率彰然，当更是现今文明之强猛处。
譬以举世之人外出旅行，已习惯找取他所辨识的饭店下榻，

不只是几十年前美国人到了海外常寻觅希尔顿（Hilton）招牌一例而已。且看全世界的大饭店皆约定俗成地装潢成一种标准版：被单的折入床垫法（绝不是台湾式昔年小旅馆棉被之折成三角形）、必有的咖啡桌及一或两张扶手椅（easy chair）、衣橱中必放洗衣单及袋，窗帘习用半米不褐又隐带花线的色调……

　　这标准版当然不是亚洲式，却也不是希腊埃及罗马式，未必文艺复兴，也不宜巴洛克，终弄成简洁明亮也仍悄悄带一抹古典尾巴的新四不像，甚至快可被懒惰地称为美国式了。

　　各地的旅人来到这样的饭店，即使适才外面充满了头上缠布、脚蹬凉鞋的乞丐，充满了头戴皮帽、长靴踏雪的肃杀景象，然进得这样的饭店，再向内走进其酒厅（lounge），他的神情虽呈旅人的寂寞，虽一径是那种离家千里的顿时空荡而不知如何，可他隐隐知道他需要一种场所，一种充满桌子和椅子的环境，一种稍有些人群及杯盘烟缸并饮料的地方，令他可以做一些他原就会做的动作。

接着，他听到了音乐，听着听着，竟全是他熟悉的。是他在家乡常听的，不，是他在外地听过的；也不是，是他自幼至长一径在任何地方永远都不能不听到的。像 *Besame Mucho*，像 *Brazil*，像 *Sakura*，像 *Begin the Beguine*，像《阿里郎》，像《归来吧，苏连多》，像《梭罗河畔》，像 *Love is Blue*，像《茉莉花》，像 *Greensleeves*，像 *Streets of Laredo*，即使他和其他在座者未必来自巴西、日本、韩国、意大利、印尼、美国、中国、英国等地，任何人都经由无所不在的鬼鬼祟祟的文明熟悉这些曲子，并且因它们而令自己虽离家千里也不必显得遥远害臊。

这些酒厅音乐（lounge music）或被称作 easy listening 的曲子，当然不能不逐渐变体成连购物中心及机场大厅

（或任何大厅）都习惯放送之气流。说来有趣，这 easy 一字，颇有"慰藉""疗舒"之义。而世界太多出远门的人永远备带阿司匹林。文明，世界畸病于粗陋惯性之人的共有乡愁。

刊二〇〇〇年二月三日

《中国时报·人间副刊》

老旅行家永远在路上

　　诺曼·刘易斯（Norman Lewis），老旅行家，老作家。老，究竟多老？居然也颇隐晦。或因其生平受人所知甚少。一个英国作家在其本国文坛居然生年不确详，不免令人猜度其为人跌宕不群，即连广于旅行又著作等身的埃里克·纽比（Eric Newby，著有《走过兴都库什山》）在其编纂的《旅行家游踪选集》（*A Book of Traveller's Tales*）中撰写刘易斯的生年也不得确切，谓一九一四；然更晚近的资料谓其今年六月刚过九十大寿，亦即他生于一九〇八年。

　　这不自禁透显出刘易斯的传奇色彩。

　　他的出身，被讲述不多，学历一栏，只说到"恩菲尔德中学"（Enfield Grammar School），这难免在传统阶级价值犹盛的二十世纪初的英式体系文坛与知识圈受到不够重视之可能。与他同时的小说家并且游踪也极广的格雷厄姆·格林（Graham Greene），出身优尊，又受习于牛津，因而一早便大受瞩目。格林以小说著称，然即使他在一九三六年的描述利比亚徒步旅行的书《没有地图的旅行》（*Journey without Maps*），也比刘易斯的多部著作更受普遍读者知悉。

这两人又有另外的共同点，除了刘易斯也将他游历的异国地域写成多部小说外，两人皆在战时服务于英国情报机构（这一点竟无巧不巧地与第一次世界大战时的 T.E. 劳伦斯也相同）。

刘易斯成名于二十世纪五十年代初期，得自其两本描写亚洲的书：一九五一年的《出云之龙》（*A Dragon Apparent*），关于北越；一九五二年的《金色大地》（*Golden Earth*），关于缅甸。

这两个东方古老却僻静的国家当时正值战火——越南对法国脱羁殖民之战，缅甸的内战——刘易斯看准了这块势必濒临强大的政治及文化变动的纯朴农村异域作为他的探索之旅，写下了让他享名至今的书。

然他的旅行并非始于东亚。在第二次世界大战前，一九三八年，便出版了第一本旅行书《阿拉伯的沙与海》（*Sand and Sea in Arabia*），是他的摄影集，罕为人知，如今已成了藏书家的搜寻品。

在第二次世界大战期间，他服役于西西里岛等地，当地的生活经验与观察人性在战时的奇趣纠葛，让他写成一九五〇年的小说《迷宫之内》（*Within the Labyrinth*）。

而他深度介入黑手党家族之生活及亲见他们之运作，写成了一九六六年的《荣辱社会》（*The Honoured Society*）。

敏锐的旅行家总能在最微妙的时刻出现在最即将剧变

的地方。他们常有这种幸运，并且，也可以说，他们常令自己身处险境。第一次世界大战前的T.E.劳伦斯原就因他牛津的丰实考古素养走访过叙利亚、埃及与北边的美索不达米亚，也于是大战爆发后他顺理成章地在埃及服役于英国情报局，也终于沉浸于沙漠牧野式的文明而渐冥觉出其人生之另一曙光，甚更得一殊途可堪掩压胸腔一径潜存的莫名风暴，遂致离去他的制式勤役，去厕身阿拉伯各族长王公间为他们谋求对土耳其的抗御，终成其独一无二的却又飘然若失的传奇事功。

可以说，诺曼·刘易斯是"在野的"旅行作家。

所谓"在野"，是相对于那些早有名作一开始便登列"殿堂"经典的那些旅行大文豪，如Charles M.Doughty或是Norman Douglas。Doughty在一八八八年出版的《阿拉伯西北漠地旅行记》（*Travels in Arabia Deserta*）及Douglas在一九一五年出版的《古老的卡拉布里亚》（*Old Calabria*）被公认是世界旅行文献的必要经典，并且直至今日仍是叙写当地——Doughty 的西北阿拉伯及 Douglas 的南意大利——的最佳一本书。我在美国各地凡走进老派文人的书房，书架上没有不放这两本书的。

相较之下，刘易斯的书从来没有大红过。

他几乎要算是僻冷的旅行作家了。

刘易斯属于实地细描的那种旅行作家，所写既不类于十八、十九世纪的深入不毛者之探奇日记，也不同于略晚于他的简·莫里斯细写威尼斯及牛津等名著，那份很适合"卧游者"（armchair traveller）所浏览之物。

他书中频频叙及的粗蛮野风及着墨不多的文雅掌故，未必适合安坐家中闲怡展读，然其曲黠文体与"如刀般尖锐的观察力"（小说家 V.S.Pritchett 如此誉他）又令人嚼读兴味盎然。小说大师亨利·詹姆斯的游历见闻《美国景象》（*The American Scene*）固令人钦其雄雅笔力，却也不免察觉詹姆斯委实不是投身深荒徒步苦旅之人。

刘易斯是二十世纪初的人，除了具有传统英国人被熏养得长年安于萧简田野、粗朴身家，甘于冷食、自得其乐于山野跋涉外，也深好远赴异国探奇寻险。而他去的，特别是尚未露出文明的地域；然本世纪的文明力量何其大，尚有什么地方不披靡？旅行家的天职便是一径在找寻这类角落。刘易斯爱挑选那些野蛮、未开化的地区，并且总在它们将被工业铲平或被西方观光模式庸俗化之前便抢先一步赶到。他的一九五九年各地旅行的文集《正在变的天空》（*The Changing Sky*），结自于《纽约客》（*the New Yorker*）等期刊的多篇游记及见闻，尤可看出他对野境之强烈兴趣。

或正因刘易斯不够红，造就他旅行事业之更为绵长，这毋宁是他的幸运。太多早年成大名者，往往耽于富裕而致中老年颓唐无所事产。刘易斯则时时在出产，永远在路上。

　　一九九三年，八十五岁的刘易斯还出版了他龙钟老人的旅行实录《东方帝国》（*An Empire of the East*），这本边荒印尼的游记，让人见识到什么才称得上是"一生的旅行家"。

一九九八年

漫无根由的旅行者

在我的同代人里，这几十年来，我看到了各种漫游。

我们在办公室的空当里，四个人凑起来打一会儿枪（注）。在周一到周五的工作时段，多的是人在近郊的土鸡城或茶园中，洗完温泉、泡着茶，在胡聊瞎扯。很多人上飞机前，还特别带好了武侠小说。你必定在阿姆斯特丹的史基浦机场看见过有人苦候转机时在看武侠小说，你也猜想他肯定是台湾人。

因为做小孩时，听见墙外有圆牌甩打在地上的声音，便说什么也按捺不住要夺门而出。因为当年看漫画、看武侠、小摊上吃零嘴等被父母有识见地禁绝。也因为我们出生在一个逸放的时代，我们成长于一个闲散的社会。

我们人人在牌桌上、在榕树下、在无数的咖啡馆及泡沫红茶店里漫游。这在西方国家不容易看到。

我爱我的年代和我那社会。

也于是有一年，我们全公司去日月潭旅游，许多人三天两夜不眠不休，完全没看到一眼潭水，看到的是"发财"，是"东风"，或是"七索"。

也于是他们说台湾观光团是上车睡觉、下车尿尿、逢店买药。何等的无所求，何等的无怀氏之民的胸襟。

有好些年，我在美国跑了不少地方。总有四十几个州，总跑过约十万英里。地阔天长，不知归路。睡过太多太多异地的车上，去了太多太多毫无来由的村镇。十多年后回想，仍然想不出一个道理，我干吗要在那些公路上让我的汽车滑行。

　　我是多么地羡慕这些无所谓目的的同胞，而我怀疑我自己也有可能是这样的旅行者。乃在我生长于那样散漫的佳美年代。

一九九七年华航旅行文学奖得奖感言

注："打枪"，扑克牌戏一种，原称"罗宋"，近年又称"比十三只"。每人将所发得的十三张牌分成三、五、五的三摞，与其余三家比大小。三摞皆输，谓之被"打枪"。此为二十世纪八十年代初大伙对此牌戏之浑称。

旅行指南的写法

指南，原为道家用字。这里说说旅行指南（travel guide）。近代旅行指南的创制人是德国的卡尔·贝德克尔（Karl Baedeker），一八二八年编的《莱茵河旅游志》（*Rheinreisebuch*）奠定了日后旅行指南的蓝本。也使baedeker成了guide的同义字，文学评论大师埃德蒙·威尔逊（Edmund Wilson）的名著《不循指南的欧游》（*Europe without Baedeker*）便是一例。美国的Fodor's及法国的米其林（Michelin）所出指南，皆是老字号业者。

新式指南如Let's Go是二十世纪六十年代嬉皮时期青春年少探游异地所集心得之产物，聚多位学生之力编成的手册，一九六八年第一本《欧洲》只有薄薄一册。二十世纪六七十年代的美国学子背着背包，伸

拇指搭便车，随处露营或借宿，深入蛮荒，然后向
家乡亲友寄短札（也画漫画）之绝佳传统，可见于
Costa-Gavras 在二十世纪八十年代初所拍智利政变的
电影《失踪》（*Missing*）中杰克·李蒙的爱子旅途行径
一斑。这时期由美国大学生写的亚马孙河旅行指南之
类小书极好、极有新意。欧洲的年轻人当然也不乏这类
个人心得建树，德国导演赫尔佐格（Werner Herzog）便是
深受熏陶而广于探险的旅行行家。记得他曾说过，他喜欢
读地图，他认为墙挂的最好之装饰，莫过于地图。他拍的
《生命的讯息》（*Sign of Life*）便见出他深入希腊，拍的《天
谴》（*Aguirre: The Wrath of God*）见出他深入南美。这一时
期登山及旅行用具也因而有了大突破，美国的西雅图及伯
克利被行家评定为出发前最佳的添购装备地点（主要有一
巨型店 REI, Recreational Equipment Inc.）。这在最早的寂
寞星球（Lonely Planet）有些旅行指南上常被乐道。

　　提供观光度假的通材指南，是指南书的大宗。通常广

列住店、换钱、车船进出、教堂、宫殿、史迹、公园、美术馆、有名餐厅等必备资讯。然而谁写得好，谁编得差，实也有极大差异。以城市为范围的指南，我个人想知道的，例如：

1. 哪几线巴士可将各区分别走经？

2. 各族裔区、贫民区的约略描述。

3. 有哪些跳蚤市场（可知此城昔年用具）？

4. 看经典老片的地方（电影档案馆或艺术电影院）。

5. 旧书店及新唱片店。

然而太多的指南连这么简易的需要也无法照顾。

东京这样火车与地铁高度发达的城市，又是城区扩散极宽，其指南若不能明列乘火车转地铁的通透诀窍，不能教导各区的穿街走巷步行门道，甚至不能列出二三十家价廉物美的寿司店、拉面店，则不能算是一本出色的指南。

讲旧金山的指南，若不能提及它的山路是直上直下，备极陡峭，而非其他地方山路常是盘旋而上；若不能点出旧金山少树的先天地貌及金门公园之多树乃前人一百年前努力植造、人定胜天之结果；若不能说明它的西北角之寒冷（即夏日亦然。岂不闻马克·吐温之名言）及多雾之本质；只说些 Trader Vic's 馆子的名菜，则不算是翔实的指南。

至于在物产上，于地中海国家不妨教游人辨识好的番茄，在德国教人辨识香肠优劣。遇各地菜市，若值得，可教人识别七八种菜色，更不妨推荐外来游客尝尝当地两三种水果，如希腊的新鲜无花果、马来西亚的红毛丹。

多半指南的通病，是太厚。颇有将所有必备之资讯全数灌输给读者之意。其实人在一城市若只待七至十天，所需指南大可在五十页之内，其中可能还含五页地图及两页索引。

太厚的指南根本没法在旅行中读完。也不该在动荡的旅途中做太多阅读（即使在苦长的飞机上）。

　　资料详尽、巨细靡遗的指南，往往不是给人旅中用的，而是卧游之用，或是事后在家闲读的。这种指南编得好的，极是珍贵，美国在大萧条时期所编的 WPA（Works Progress Administration——即"工作推展管理局"）各州指南，直至今日仍是最佳的。战前的 Baedeker 当然也是。

　　詹姆斯·乔伊斯（James Joyce）的《尤利西斯》写一九〇四年六月十六这一天中在都柏林发生之种种；乔翁写此书时，已离开爱尔兰故国多年，书中的都柏林，少部分倚赖昔年记忆，大部分参考《托姆氏都柏林指南》（*Thom's Dublin Directory*）构写而成。

　　我较倾向于表达作者品评高下之指南。例如这样的句子："如只待京都一天，则必须去（1）……（2）……（3）……"，或"二十块美金以下的旅店约得十几家，而我个人最推荐的是（1）……（2）……"，或"巴黎有名的咖啡店委实太多，但我最喜欢的，皆非这些名店。以下是十五家不常著录于指南却是我最中意的社区小咖啡店……"

在纽约、巴黎这类观光名城看人们手上拿的指南，便知他们对旅游之要求是深刻抑或是浅略。有一类指南，是指南书量产化后陋习所致，像名为《廉价旅馆指南》或《最佳餐馆指南》，最不宜读，乃这种书最喜充填空泛资料，以塞满篇幅为要，大多不是作者自己住过、吃过，常是他打电话询价格而得。这类书我亦翻过，他所说的某城某家旅馆已是书中最便宜者，而我住过的两家又便宜又好的店，他一字也不提。

台湾如今多的是《中部小吃》《南部小吃》《庙口小吃》等书，然彰化市的成功路阿泉爌肉饭、台南市的康乐街三百二十五号的现宰新鲜牛肉汤、基隆市庙口十九号摊的卤肉饭，却从不见这类书上提到。他们提的，许多根本是我即使停留三天、吃了五顿饭中竟也不会进去一吃之店。

倒不是说他们的品位如何，是说撰写指南者有太多习于有效率地往名店名街去完成其功课，而不是从容地深入僻街小巷去探觅难得的佳境。

Jane and Michael Stern 这对夫妇开车在全美辽阔大地奔走多年而写成的《公路吃》（ *Road Food* ），或是 Patricia Wells 累积多年实探巴黎各类吃景而写成的《饕客的巴黎指南》（ *The Food Lover's Guide to Paris* ），皆令人钦佩他们的深入探觅。最重要的，他们爱吃。

有些素材，游记无论如何比不过指南，如建筑。游记常能一抹提及城镇的风韵，但不宜巨细靡遗；而建筑之细描详绘，则指南最能做到。二十世纪八十年代初，由 Richard Saul Wurman 主编的 Access 一系列指南，便是在建筑上着墨最详，他的 NYC/Access（纽约）及 LA/

Access（洛杉矶）皆编得好，后来出的新奥尔良/Access
便差远了。

　　有名的观光城市或有名的文化古国，指南特别多，如
巴黎、维也纳，埃及、意大利。另一些文化古国，如中国；
观光名胜，如桂林。倘它不够那么有名，则指南要不是不
够多，要不就是写得极简略。

　　以桂林为例，指南并不太多；有时你在大城市，如上
海，想买未必买得到。而写桂林的指南，皆极马虎。这是
很奇怪的。

　　这令人不免多想。且想纽约、巴黎是何等适合写成指
南的城市！它们有太多该被记下的事与物；而桂林则有太
多该被去玩去看而没有太多可资描写的事与物，以及容易
形诸笔墨的风景。

　　另有一个城市，台北，亦没什么指南书。乃它一来不

是文化古城，二来不是游玩购物开会之城，最是特别例子。然它多么需要一本至少翔实中肯的小巧指南！而现有的关于台北的几本指南（包括老外写的）皆非令外地人读来愉悦或生观光之念者，亦非台北土著可以循其书叙而回身再细看自己家园一眼者。

职业式的指南编写者，根本不会费心思在台北这样的城市上。

体例周备的指南，书前常有一篇导论。一篇好的导论或序文，有时便是最佳的指南。Fodor's 的指南显得传统，但它昔年许多导论写得真好。有些小城小镇，其实根本不需编一本指南，一篇导论足矣。并且写得好常发旅人原或沉寂的游兴。花莲就属于导论足矣的城市，丹佛（美国）、长沙（中国）、布鲁日（比利时）、塞萨洛尼基（希腊）、宿务（菲律宾）、金泽（日本）等也是。

洛杉矶固然十分需要厚厚一本指南，但更需要一篇深

刻的导论，否则分散各处的景点令外方客感受不到游乐的情境。

当然一篇好的导论（并不意味旅行文学）常比指南更难。不只说文采上，便是当地的古今意义、城市性格、街头通象、突出景点、食衣住行……皆需字里行间严谨携带，并且言简意赅，提纲挈领；最重要的，要引入想游、想观、想探看享受。

刊一九九九年八月五日 《中国时报·人间副刊》

再谈旅行指南

壹

通常人是先想去某一地方，然后再去找那地方的指南，而不是先看过指南才生出想去该地之念。

这是指南体例上的先天悲情。乃它分门别类、细列车船方式、四季温度、旅店餐馆、博物馆公园、地址电话等刻板条目，造成不像是一本循字沿句顺流阅读的书。

虽然老于行旅之人爱随兴翻览各式指南者也所在多有。

令人起意想去某地的，常是文学（如小说《金阁寺》），电影（《罗马假日》），历史（埃及金字塔、中国长城），社会上累积的见识，朋友的口传等资讯，而很少来自阅读指南。

故指南成了备查者，总是被动体；不像游记或历史是发端者，它引动人的游兴。接着而来的，便是操劳指南以完遂他的游兴。何冤也指南！

贰

指南，固是前人的先探成果，连象棋也有"仙人指路"的招法。既需先探，若非难于趋抵，不必做成指南。又若非有趣之地，亦不值得做指南；台北一直没有颇具模样的旅游指南，便因观光上不丰趣也。难探之地，不免集多人之力分区分类将之累聚成书；这固是指南之丰备优势，却没有单人写书得有之文气贯串、见解一致之长。一九七三年，Tony Wheeler 与 Maureen Wheeler 以两人之力写成的《省吃俭用亚洲游》(*Across Asia on the Cheap*)，开创了往后的 Lonely Planet 旅行指南系列，则是聚焦于"难于趋抵"的地区。同时期的 Bradt 系列的探险远足指南，由 Hilary Bradt 创设，印刷采打字体，描述皆是个人实探踪迹沿途种种，从她与 George Bradt 在一九七五年初的那本《在秘鲁与玻利维亚循踪远足》（*Backpacking and Trekking in Peru & Bolivia*）可以看出。

两者相较，Lonely Planet 全世界皆极易见，Bradt 很不易见；这必然显示了什么，或许 Lonely Planet 已懂商业化，甚至将它的地点难抵度开始降低；也或许 Bradt 的人手不足，没有随年份更新（update）其资讯，甚至只意涉足南美与非洲，其他地区不怎么着墨；等等，可能原因，然亦未知也。

最显然的，Bradt 指南没有产业化。二十世纪八十年代中后期开始，全世界有"指南工业化"的倾向，各种厂牌皆大规模、大范围地出版指南，一九八二年出的《希腊概略指南》（*Rough Guide to Greece*）之后，至今 Rough（"磨粗"）指南已出了一堆子。

如今走进书店的旅游架子下，已令人眼花缭乱。我亦不时到各地各店架下，常常一个钟头下来，不知选什么好。最后觉得每一本都不够好。

尤其像巴黎，你翻看了八本十本，最后都有点不想去了。

我有这个问题。

叁

极偏僻又极佳美的小地方，往往没有指南。尤其处于不甚有名的国家。威尼斯的指南绝对太多，安徽泾县则几乎没有书会提到。

这也说出了许多事。倘你要去极其个人、极其荒幽、极其不与他人共享的隐秘角落（如泾县的桃花潭），完全别考虑指南。

假如指南写到它，就别去。

指南的最坏情况是，毁灭了你的惊喜。

为了那些"秘密的角落",很多作家只好在游记中故意隐藏其名,以免受观光客滥游以致不堪。水上勉曾在《京都四季》一文中说及一株三百多年老的巨大樱花树,僻处于京都北面山村的古刹里,须四人合抱,每年四月二十七八日樱花怒放。这样的幽境,从无外人知道,仅村人得以享受,而村民也视若当然。水上勉只说在"北面山村的古刹里""乘车五十分钟""关于此刹我得保密"。

生于意大利却大半辈子在美国担任新闻工作的 Luigi Barzini,说他曾邀请几个美国记者到罗马一家菜肴极佳却不为人知的餐馆吃饭,自此以后报纸、指南开始介绍它,最后连航空公司的餐馆名单也登录它,造成它的菜再也不能入口,而服务也恶傲之极。Barzini 当然深知公众化、庸俗化后之深害,也只有一直到了晚年才稍稍提点几个幽僻不受人访的小镇小村,却也只是简简几笔。例如以威尼斯以东的 Gorizia、以南的 Udine 合成一弧,其内成百的小村小镇皆值得造访,甚至值得将余生托付于此。

其实知道意大利偏僻佳处的人原就不少，大伙皆不约而同地将之视为机密，便为了"指南之幽地破坏性"。

难道多半的指南，也故意只提那些俗所，以保幽境不被践踏吗？

因为实在不能说凡指南俱是由只知凡俗寻常地点的人所写。

难道说，作家就不愿写指南吗？

达夫妮·杜穆里埃（Daphne du Maurier，著有《牙买加客栈》《蝴蝶梦》），二十世纪六十年代写的《消失中的崆沃》（Vanishing Cornwall），将她熟知的崆沃娓娓细叙，足见她极有资格写成一本指南；然她仍去写成如今之体式，必然是崆沃这样一块地方如写成条列式的"指南体"压根就会很没神。

沈从文的《湘西》，在他以前，湘西未必有所谓指南；而湘西这样充满异风的地方，以指南呈现，或许也很无力。

如此看来，并非任何地方皆适于作成指南。搞不好台北便是一例。

至于松本清张的《京都之旅》（与樋口清之合著）算是少有的作家写指南又写得好的例子。除了作者的深厚素养及亲身浸润，也在于这个古城本身即很适合以指南体将之呈现。

肆

指南可不可以是示范？例如巴黎的十日游，每天自早上起床，几点在哪吃牛角面包（croissant）及咖啡，读何种报纸，该处有何样晨景。几点去哪处广场或公园。几点进哪个博物馆看何物。几点到哪家餐馆吃本地人习吃的午饭。几点乘哪一路公车略做绕游城市的几个要区。几点登上某一高岗眺望城市通景。几点赴一露天大型菜场去游逛并选购三两样新鲜水果以备补充维生素及旅途中颇需之纤维。几点选一咖啡店坐下休息或观人景及被人群观赏。几点返回旅店略事休息。几点赴何处晚餐，选何种红酒。几点赴哪里聆听歌剧或看电影或看表演。几点返旅馆睡觉。

倘能将每一去处之安排，皆极合巴黎之必要，又极符动线且不重复密集（如连看好几个美术馆），则常是好的示范。

Rick Steves 的《欧洲的后门之旅》（*Europe Through the Back Door*），算是示范式的指南。这类书，常极有用，但太有主见的旅者未必愿意照着做。

指南能取代真人导游吗？用这个问题来探讨指南之需倒是个好角度。

有两种导游：动线的导游及细节的导游。将行程之动线安排得好，三天两夜中各去些佳处，配置均匀，但各古迹景点完全令游客自我体会，导游者一个屁也不打，此为我所称"好的动线导游"。然这种导游若带队去希腊，游人所需之解说便或许得不着。

细节的导游，是描述所在景点之原委或史实。这是个难差使，常吃力不讨好。

指南亦面临如此问题。它必须描述。不论是多还是少。

"指南"激不激发"欲游者"之梦？若然，那指南岂不如同扣人心弦的散文或游记？是的，好的指南常是好的散文写作，但不多。

有的指南，太情感用事，作者自己沉醉其所旅游之地，说得天花乱坠，而展书者越读越生疑惧，这样的指南亦不成功。乃这样的书，像是描写天堂。

例如有人如此写纽约，我读着它，往往不敢相信。不是说纽约不好，而是此写者会叙它太好太激动，此类书太易招致实践时之反效果。

伍

指南的产业化，造成指南写作的渐趋平庸或马虎。

也于是读者常需"博览群籍"。也就是既读老年代已写成的"老指南"或文人游记，再参以近年将史实 update 的新却平庸的指南。便如读《大英百科全书》，同样的条目，既去读新版本的科技昌明后之新知，也去反顾七八十年前文人写下的片段。

像美国在二十世纪三十年代大萧条时集结众多文人撰成的 WPA 各州指南，至今读来仍是最好的。譬如你今日去新奥尔良，虽需一本新指南，那本一九三八年的 *WPA Guide to New Orleans* 仍可带着看；最后你发现，读得多的反而是这本老书。不为别的，因它写得好，写得不平庸不马虎。

中国的杭州亦然。一九二三年徐珂（曾撰《清稗类钞》）编的《西湖游览指南》（商务版）及一九二九年陆费执原辑、舒新城重编的《实地步行杭州西湖游览指南》（中华版）这两本七八十年前的老指南，也是今日指南无意也无能力做到的。

一九二五年陆璇卿编的《虎邱山小志》，不过四十二页文字，简明实用。其中有五页《旅客到苏分日游玩次序记》，叙八天中每日该游苏州何处，算是示范。

简短的指南，如今不易见了。

另就是，指南太多。

台湾的旅游书架，已让人疑虑台湾快成了被指南左右甚至污染的旅游生态之恶例了。

年轻人甚至爱好写指南了。他们一边旅行一边细琐记下沿途发掘的好吃物及廉宜货几乎成了他们出门旅游的目的了。

广于旅行的人家中常有一堆指南，亦途程之积累也。

倘一个城市将许多家庭历年累存的各式指南、地图收集，举办一个大型的"旅行指南大展"，则自展品中可见出此间人赴外旅行之大概，以及深浅如何矣。

刊二○○○年七月号

《诚品好读》

一千字的永康街指南

　　永康街全长不过几百公尺，由头走到尾，十分钟都不用；然而这样短短一条小街，竟然是台北近年最受称道又最布满观光游客的一处欢乐园地，此等文化魅力，不宜忽视。

　　几个朋友聊天，有一人谓次日将赴某地旅游，席间有人主动说"某某馆子可以一吃"，又有人说"某某建筑不可错过"，顿时他取纸抄下三五行情报。我常说，应该有人专门写些短短五页八页的小型指南，教人快速瞄一眼，便可在当地极是受用。今日左右无事，倘以一千字的篇幅，三言两语，给永康街做一指南，不知容易否？且来试试。

　　北面路头处，有鼎泰丰，坐落在信义路上，永远大排长龙。有内行的吃家，懂得买外卖，像鲜肉粽子，像泡菜、小菜，甚至像虾仁蛋炒饭，仓促间放到家里饭桌上，亦不失是一顿美味。

永康街自路头向南走，街两旁满是店，我等台北老市民往往视线不易特别专注在哪一家上，一晃眼便错过了。右手边，六之一号，是一家果汁店，我偶会喝一瓶葡萄汁。对面十五之四号，是一家甜汤店，称"芋头大王"，我偶吃一碗桂圆粥。隔壁有"牛家庄"，亦偶吃一盘牛肉炒饭。

接着来到永康公园，此是台北市最了不起的一处户外公共空间。乃它最聚人气，最大小正好，最清朗明爽，最宜小孩大人、男女老少。西南角，一公厕，给过路人很多方便。东南角，有蒋中正头像，不知自何处移来，下面两张长凳，亦是与朋友相约集合的好定点。

公园西侧，满是吃店，十巷五号是"永康刀削面"，座上颇多近处邻居，我多半吃炸酱面，并皆嘱"面煮烂一些"，晚上一到八点，准时打烊，规律极矣。

公园底，向东延伸，是为卅一巷，巷内廿号之二"冶堂"茶文物空间，幽处其中，是极多远地游客发现后最难忘的惊喜。

回到公园底，向南这一条巷，才打通十多年，称金华街二四三巷，是宽度较轩敞又店面较富风格的一条小径，最受散步者的喜欢。东侧自"骑楼意大利面"至"雅致人生"，十多年来换过不知多少家店，其中"Lisa 银饰"撑了极久，前两年还是搬走了。

西侧有一巷，称永康街卅七巷，有两家小酒馆，Mei's 与 Maui，皆是受知于深悉永康街沙龙生活三昧的小圈圈老享乐家们。向西走至永康主街口，是一家旧模样的文具店，没名字，它的玻璃橱子，若能摆放几种精心设计，但极尽老日粗朴的土纸日记本、笔记本，再加上几款低价却简美的原子笔（像 BIC 牌的 Soft Feel 橡皮面原子笔），这会是多好的一家小文具铺啊。

自永康街再向南，四十五之一号，是 Truffe One 巧克力店，亦是台湾不管进口或本地制的里面最好吃又最没有添加怪味的绝佳巧克力店。

跨过金华街，这一段永康街虽是较晚才受知于人，亦是处处充满欢乐，餐馆"小隐""大隐"，画廊"一票票人"，古董店"观荷"等的富于人气不在话下，即四十二号"珈品洋酒"（波士顿理发厅旁），威士忌种类颇多，日本出的"余市"亦有。六十号三楼，是市立的图书馆，偶尔匆忙中亦得在此赶一两页稿子。

七十五巷向东延伸，十九号是"青康"藏书房，一家新近才开的旧书店。"青"指青田街，"康"指永康街，乃此店夹于青田、永康二街之间。廿一之一号，是"火金姑"，堪称台北少有的旧灯专卖店。不少对设计有强烈主见的行家，常来此寻找室内打光的灵感可能。再向东走，有青田街一巷六号的"学校"咖啡馆兼"魔椅"家具，此处的欧洲的二十世纪五十到七十年代的桌桌椅椅颇是教人着迷。

　　永康街到底，门牌只到九十九号。底端是师大图书馆围墙，左拐是丽水街卅三巷，先有"珠宝盒"，卖法式面包与甜点，后有Cozy咖啡，皆是僻静巷中的美店，老客极多。出到路口，便是金华街一六四巷，向北可直通前说的金华街二四三巷，向南不久便成了和平东路一段一四一巷，是台北我最常取道经过的一条巷子。

　　有人说，永康街若再有两样，便更完美了，戏院与旅馆。实则昔年皆有。戏院为"宝宫"，即今金山南路二段廿五号至廿九号那幢大楼便是宝宫拆后所建。旅馆则犹记四十年前有一"惠康"旅社，约当信义路上"中心西餐厅"对面，也早拆了。

　　　　　　　　　　　刊二〇〇九年三月二十一日

　　　　　　　　　　　　　　《联合报》

赖床

有一种坏习惯，小时候一直改不掉，到了年岁多了，却不用改自己逐渐就没有了。赖床似乎就是。

躺在床上，早已醒来，却无意起来。前一晚平放了八九个钟头的体态已然放够，前一晚眠寐中潜游万里的梦行也已停歇；然这身懒骨犹愿放着，梦尽后的游丝犹想飘着。

这游丝不即不离，勿助勿忘，一会儿昏昏默默，似又要返回睡境；一会儿源源汩汩，似又想上游于泥丸。身静于杳冥之中，心澄于无何有之乡。刹那间一点灵光，如黍米之大，在心田中宛转悠然，聚而不散，渐充渐盈，似又要凝成意念，构成事情。

便因赖床，使人隐隐然想要创作。

　　赖床，是梦的延续，是醒着来做梦。是明意识却又半清半朦地往下胡思滑想，却常条理不紊而又天马行空、意识乱流、东跳西蹦地将心思涓滴推展。

　　它是一种朦胧，不甘立时变成清空无翳。它知道这朦胧迟早会大白，只是在自然大白前，它要永远是朦胧。

　　它又是一番不舍，是令前一段状态犹作留续，无意让新起的任何情境阻断代换。

　　早年的赖床，亦可能凝熔为后日的深情。哪怕这深情未必见恤于良人、得识于世道。

　　端详有的脸，可以猜想此人已有长时没赖床了。也有的脸，像是一辈子不曾赖过床。赖过床的脸，比较有一番怡然自得之态，像是似有所寄、似有所遥想，却又不甚费力的那种遥想。

　　早上床赖不够，只得在晚上饭桌酒瓶旁多赖一赖。这指的是独酌。且看许多脸之怡然自得或似有遥想，也常在酒后。而这是浅酌，且是独自一人。

倘两人对酌，而有一人脸上似有遥想，则另一人弄不好觉得无趣，明朝也不想抱琴来了。

不只赖睡在床，也可在火车上赖床，在浴缸里赖床。在浴缸里躺着，只包的不是棉花被子而是热水被子。全室弥漫的蒸汽及缸里热腾腾的水，令全身毛孔舒开，也令眼睛合起，更使脑中血液暂时散空，人在此时，一不留神就睡着了。

要赖床赖得好，常在于赖任何事赖得好。亦即，要能待停深久。譬似过日子，过一天就要像长长足足地过它一天，而不是过很多的分，过很多的秒。那种每一事只蜻蜓点水，这沾一下，那沾一下，急急顿顿，随时看表，到处赶场，每一段皆只一起便休，是最不能享受事情的。

看人所写书，便知什么人赖床，什么人不。曹雪芹看来赖床赖得凶，洪都百炼生则未必。

我没装电话时，赖床赖得多些。父母在时，赖得可能更多。故为人父母者，应不催促小孩，由其肆意赖床。

老人腰腿无力，不能游行于城市云山，甚也不能打坐于枯木寒堂，却可以赖床。便因赖床，人老又何悲之有？

虽出外与相得友朋论谈吟唱，何等醋畅；虽坐轩斋读宏文奇书，何等过瘾；然一径无事地躺着靠着，令心思自流，竟是最能杳杳冥冥把人带到儿童时的做梦状态，无远弗届。愈是有所指有所本的业作，如上班、谈正事、赶进度，最是伤害做梦。小孩捏着一架玩具在空中飞划，便梦想在飞，喃喃自语，自编剧情，何等怡悦。

赖床，在空寂幽冥中想及之事理、之史实，方是真学问。实非张开大眼看进之世态、读进之书本、听到的声响话语所能比其深谛。当然赖床时的想象，或得依傍过往人生的材料；广阔的见闻、淹通的学识或许有所助益，但见闻学识也不免带进了烦扰及刻意洞察的迷障，看来最是损折原本赖床的至乐。且看年少时的赖床怎是比中年的赖床得到的美感、得到的通清穿虚要来得佳幽奇绝。可见知识人情愈积累未必较空纯无物为更有利。

有时在昏昧中自己隐隐哼在腔内的曲调，既成旋律，却又不像生活中听过的别人歌曲，令自己好生诧异；自己并非做音乐的，倘非已存在的，甚而曾是流行的名曲，岂会在这悠悠忽忽的当儿哼出？这答案不知要怎么找。事后几天没有因哪一首曲子之入耳而想起赖床时之所哼，致再怎么也想不起。这便像世上一切最美妙的事物，如云如烟，过去后再也不留痕迹。

刊二〇〇〇年三月二日

《中国时报·人间副刊》

散漫的旅行

台湾的大学生读完大二，会不会暑假背起背包去到异地，一站站地搭乘火车、睡帐篷、吃干粮等这样的旅行？或甚至索性休学一年，在外游荡，体验人生，像是在社会中念大学？

这种"背着背包旅行"（backpacking，或译"远足"），是我心目中所谓的旅行，今日有可能愈来愈式微了。二十世纪七十年代中，往前往后各推十年，是它的黄金岁月。那时西方的年轻人（除了铁幕国家）带着瑞士陆军小刀（Swiss Army Knife），背着 Kelty、JanSport 或是 Wilderness Experience 等牌子的背包，身穿 North Face、Holubar 或 Sierra Designs 的羽绒夹克，脚蹬芝加哥的 Todd's 或史波肯的 White's 等厂所出的登山远足靴,在世界各地的大城小镇、山冈海岸、灰狗车站、青年旅舍出没。

他们随遇而安,哪里有墙有树便往哪里靠,有平地就往哪里坐,牛仔裤的臀部那一块总是磨得发白。他们凡食物都觉得好吃,汉堡、热狗、法国面包、日本饭团、印度咖喱都是大口大口地吃,倒是谈起各人喜欢的音乐,如约翰·克特兰(John Coltrane)、雅克·布雷尔(Jacques Brel)、米基斯·提奥多拉基斯(Mikis Theodorakis)、滚石乐队(The Rolling Stones)或感恩而死乐队(The Grateful Dead)等每人则各有坚持,互相颇可争论,常面红耳赤;而在火车抵站道别时,常也会将自己在旅途中饱听不厌的一卷录音带赠给对方。这种感觉很美。

直到今天,世界各地的青年旅舍仍充满着旅行者离去时留下的各国旅行指南及地图,虽然愈近二十一世纪所留者愈是多见庸俗的观光式指南。

二十世纪八十年代初，许多青年旅舍可见的指南仍可窥知嬉皮的遗绪，这是今天所最令人缅怀甚而称憾的。随便说个几本：《庶民的墨西哥指南》（*The People's Guide to Mexico*），Carl Franz 著，六百二十五页，包罗万象，举凡跨越国界、搭便车、盖小茅屋、掘井，或是如何选小食堂、妓院须知，全有精到之描写。《流浪在美国》（*Vagabonding in America*），副题是 *A Guidebook about Energy*（关于能源的一本指南），单看书名及副题便知有多嬉皮了。Ed Buryn 著。他与老婆、小孩（襁褓中）开着一辆大众汽车（Volkswagen）小巴士四处睡车及露营之体验谈。《如何乘火车在欧洲露营》（*How to Camp Europe by Train*），Lenore Baken 著。《花费省约旅行的艺术与冒险》（*The Art and Adventure of Traveling Cheaply*），Rick Berg 著。《完全的旅行中国指南》（*The Complete Travel Guide to China*），Hilliard Saunders 著，此书成于一九七九年，那时的中国人人无恒产，堪称路不拾遗之国，外国游客掉了东西，总会被中国老百姓千山万水送回。

　　青年旅舍的墙上，也会贴些游子寄来的风景明信片或信，有些充满感情，令新住者自冰箱取出食物准备用餐时偶一瞄到也颇触动旅愁。这类手写、贴邮票发寄的物件近年极可能大量地减少了，主要是电脑及 E-mail。

　　但厨房与客厅仍是各地游子最佳的交流中心。尤其是旅行太久身心俱疲者最想在此多待、多碰人群、多聊天听事的场合。有时旅行了太久，亦会有前途茫茫之感，当听到某人想去某一地，干脆跟着他们而去，不管哪里都好。只要不必再计划。计划使得旅游愈来愈没意思。

　　就这样，从这定点后大伙又结成不同的队伍各奔东西，或许二百英里后或五站后，原本偕行的，又分手了。

　　天涯海角，事情总是如此。

　　最令我羡慕的，是他们的漫漫而游。即使不在精彩之地，却耗着待着、往下混着，说什么也不回家。这是人生中最宝贵也最美好的一段迷糊时光；没啥目标，没啥敦促，没啥非得要怎么样。这样的厮混经历过了，往往长出的志气会更有厚度。或不想要什么不得了的志气，却又不在乎。

我也恰好过过三五年这样漫无目的走一站是一站的日子，只是我那时已三十出头，唯一的遗憾是没他们大学生那么的天真、那么的全无所谓。这是年齿的些微无奈，虽然我也安于好几天才洗一次澡，吃简略的食物（不一定不美味，只是当时不会去想），并且不怎么和亲友频于联络。最值得说的，是我所遨游之地，称得上全世界最被认为危险之国——美国，而我不怎么念及。且它又是全世界最讲忙碌或至少看似忙于效率之国，而我散漫依然，忘了愧疚。

这样十多年过去了，如今回想，实是幸运；因为当年可以如此，在于时代之优势。好些个朋友近年常谈论探讨，皆认定现下已不是那样的年代。

即使如此，仍该去，往外头去，往远方去。即使气氛单薄了，外在的散漫之浓郁色彩不足了，也该将自己投身其间。不要太快回家，不要担忧下一站，不要想自己脏不脏，或这个地方脏不脏。不要忧虑携带的东西够不够，最好没带什么东西；没有拍下的照片或没有写下的札记都不算损失，因为还有回忆。记忆，使人一直策想新的旅行。而夜里睡在不甚洁净的稻草堆上，给予人的，不是照片而是记忆。想想可以不必睡在铺了床单的床上，是多么像儿童的梦一样令人雀跃啊。

刊二〇〇〇年五月十一日

《中国时报·人间副刊》

纽约登峰造极小史

要谈纽约，不能不谈纽约的高。纽约文化上的高，有不少要托其楼高之赐。人们常说的纽约人目空一切、形态冷峻高傲，街头步行神速，连车辆也互不相让，凡此诸般印象，也实有不少是隐隐发自对纽约这凭空拔起的参天森严水泥丛林之折畏。人们不敢夜行于纽约街头，也有不少是为了这楼宇高寒、壁垒阴回，禁不住的一阵鬼气四袭。须知纽约（若只究曼哈顿）并不大；在传统的统计上比伦敦的人数略少，并且它迟早会被东京赶过。然而纽约就是高，即使芝加哥的西尔斯塔（Sears Tower）比纽约的世贸中心大楼高一百英尺，又即使世贸中心没在二十世纪七十年代建成，仍然不改纽约为世界最崇高城市之形象。

纽约这高耸之造就，半在于水泥，半在于人心。

远溯到一八四六年建成的三一教堂（Trinity Church），它那二百八十四英尺高的尖塔，便一直在大半个十九世纪独占纽约之鳌头。而三一教堂并不是一次完成的，它在十七世纪末与十八世纪末各建过一次，皆毁坏了，如今的这座是第三次，已矗立了一百多年。到了一八九九年，三百九十英尺高的公园路大楼（Park Row Building）完成，摩天大楼的意念与形象已开始真正地进入纽约。"摩天穿云"（skyscraper）一字最早被用来指轻快帆船的最长的桅杆，但到了二十世纪来临时已被用来专指纽约的十层以上的高楼。

一九〇二年建成的熨斗大厦（Flatiron Building），位于二十三街与百老汇及第五大道的三角交会处，是二十世纪初最怪异的摩天大楼，虽只有二百八十五英尺高，然既建于三岔路口，便因势建成三角形，像一座隆起的高瘦熨斗。但它的怪诞外形是有道理的，这三岔路口是当年曼哈顿岛风刮得最大的地点，所以"熨斗"一来采用初创的钢骨建造法，二来三角形尖端之设计也减少受风的袭力。这座大厦是警察们常互相谈笑间必提之话题，因为不时要驱赶一些专在此等着欣赏强风吹起路过妇女长裙的无聊男子。"熨斗"虽只有二十二层高，但仗着它的怪异高耸造型，使得美国各地的男女老少借助风景明信片及摄影相片之不断触目，完全对它不陌生。

一九〇八年，坐落于百老汇近自由街（Liberty St.）的胜家大楼（Singer Building），以六百一十二英尺的高度称雄纽约。当时它的电梯夸称从底层直升四十七楼高的观望台，只需一分钟而已。胜家大楼可惜在一九六八年拆除，改建成钢架玻璃式外观的自由广场（Liberty Plaza）大楼。

一九〇九年，在二十三街与二十四街之间的麦迪逊大道上，完成了有名的大都会人寿大厦（Metropolitan Life Building），塔高七百英尺。塔上四面有钟，可供每一方的人们远望时刻。这具四面巨钟宣称是全世界最大的钟，比伦敦的大本钟（Big Ben）还来得大。这钟每一刻钟敲打一段由亨德尔当年精密计算设定下来的乐音。

一九一三年，伍尔沃思大楼（Woolworth Building）耸立在 Barclay St. 与 Park Place 之间的百老汇上。楼高七百九十二英尺，领先全世界几近二十年。开幕典礼那天，威尔逊总统在白宫撤下一个按钮，八万支灯光顿时将这五十七层楼大厦照得闪亮通明，蔚为奇观。一九四一年，正值第二次世界大战，美国海军部下令将伍尔沃思大楼的观望塔关闭，因为它提供了太好的角度去观察进出港口的船只。从那时起，观望塔再也没开放过了。

十七年后，一座最能代表当时设计意念——Art Deco（艺术装饰）风格——的大楼诞生了。矗立在四十二、四十三街之间的莱克辛顿大道上，它的内部与外观一样华丽与高挑精巧，不论是天花板、地板、灯光装设、电梯间，甚至发电机，都是很统一的以 Art Deco 式的设计风格来精致装饰。这大楼原只打算建九百二十五英尺高，但为了压倒当时宣称要盖九百二十七英尺高的曼哈顿银行（Bank of Manhattan），所以秘密修改建筑蓝图，使得建成后的大楼有一千零四十六英尺高。这便是有名的克莱斯勒大楼（Chrysler Building）。

克莱斯勒大楼自然是全世界最高的楼，然而它的"最高"纪录也是最短的，总共保持不到两年。继之而起的，便是那本世纪最出风头、名声维持最久的帝国大厦（Empire State Building）。倘若远望曼哈顿中城，相隔不到十条街的克莱斯勒大楼与帝国大厦，像是并肩而立。这时你往往有一种感觉，好像两座楼宇间存在着一种关系，但又说不出来。下面这句话绝对可以道出你这种感觉："如果'帝国'是楼中的皇帝，'克莱斯勒'则是皇后。"

帝国大厦在最艰难的不景气时代（一九三〇年三

月）起建，在最短的时间（十三个月）里建成举世最高
（一千二百五十英尺）的楼，而那时正好是农田里想要作物多
长六英寸都不可能之时。

帝国大厦之所以能保持全世界最快建成之摩天大楼这
桩纪录，每天有二千五百个工人做工是一个原因，其中有
十四人殉于工程。

帝国大厦的名气，永远伴随着各种数字统计。比
方说，它有六千五百扇窗子、七英里长的电梯管道、
二百一十五万八千平方英尺的办公空间。人们总说它当年
建造时所用的六万吨钢，可以建一条双向铁路，从纽约直
到巴尔的摩。假如把帝国大厦里的电话线及电报线拉成一
条直线，长度可以从东到西贯穿整个美国。

二十年前，每年有一百五十万人，登上帝国大厦。有
人说，就与小孩子爬树是同样道理，而帝国大厦是全人类
最高的一棵树。不管是在八十六楼或在一○二楼的瞭望

台，举世最奇妙的视觉经验在等着你。在晴朗的日子，方圆五十英里外的景致也可收于眼底。但帝国大厦不只是一座瞭望台而已，它也可以被瞭望；人以为自己已在极远处，却偶一回头，竟然它还矗立在那厢，甚至你可以在荒寒的雨夜自孤绝的七号地铁车窗内，由皇后区望见五彩灯光照射下的大厦尖顶，它竟能隔得那么远而犹能温暖你凄冷的旅意。不论亲眼望见或经由照片，帝国大厦总让人认识，它是全世界人类尽皆知悉的地址。

帝国大厦曾偶然被考验到它的坚固；那是一九四五年七月，一架军用 B-25 型轰炸机撞上了大厦的七十九楼，死了十四人（巧合得很，与盖楼时死的人一样多），伤了二十六人，但大厦屹立自如。在一九三三年，电影中的金刚（King Kong）攀上了帝国大厦，吓坏了不少坐在影院中聚精会神的观众。另有无数次的雷殛闪电打在大厦上，仍没什么损害。倒是有太多的伤心人自楼顶跳下，自绝其性命，这使得纽约客每经过三十三、三十四街间的第五大道时，总不自禁地加快脚步通过。

帝国大厦的独一绝高，让人登临其上极目远眺时，的确会感慨万千，禁不住一阵腿软，霎时间，美与灭亡俱化而为一了，死与活也竟像是没有界隔一般。太多伤心人在寻短见时最先考虑到这绝高的大厦，因此有人责怪帝国大厦让跳楼人增加。其实不然，任何人在自家六七楼高的公寓窗口跳下去，一样会死，倒反而是他们在赴帝国大厦寻死的途中，或是坐公车或是乘电梯时之所见所想，或是到了顶端时看见别的游人的神态、男女谈笑指东看西的情景，凡此等等，往往因而打消了跳楼之念，甚至在徘徊楼缘时，被游人或警卫一把拦住或苦口劝住也是有的。帝国大厦的浪漫情调，便是包含着无数次男女老少的喜悦惊叫、惧高患者的一摊摊难抑的呕吐渣水、被悬崖勒马救下的跳楼幸存者的一把眼泪、一把鼻涕等之集合。

　　很奇怪的，许多人费尽了辛苦，当年从玉米带（Corn Belt）或棉花带（Cotton Belt）坐了几天几夜的"灰狗"来到纽约，便为了登上这绝顶，亲尝那"高"的滋味，但在顶上待不了多久，便就又想下来。在电梯中一边想"我已上过绝顶了"这虚荣念头，一边却又迫不及待地想快点到达底层，然后和老伴讲："我真高兴又回到地上来了。"

　　有道是高处不胜寒，不仅如此，人到了十分高的地方，感觉都变得奇异了；所以在帝国大厦顶楼，你看别人，会觉得他们怪怪的。女孩们不自禁地会扯紧男伴的手（即使她平时是比较会难为情的那种）。又有的男士女士，他们皆在这一刻顿感需要对方的一吻，否则脚下虚浮。可能是离地心太远，有些动作竟脱离了引力之制约也不一定。

　　纽约的登峰造极，到了帝国大厦建成时算是落定了最后的一块里程碑，将十九世纪末向上发展的"摩天"意念达到一段极致。而那段四五十年的时光，是登峰造极的时光，既独特又珍贵，人心的求高与钢筋水泥技术的求高正好相合，是一个令人难忘的时代。二十世纪七十年代建成的世贸中心大楼与更后的芝加哥西尔斯塔虽高，却没什么稀奇了。为什么？便因为登峰造极的时代一去不复返了。

一九八五年

割绝不掉的恶习

——逛旧书店

书，永远买不完。买来的书，也永远不够地方放，在书架上或脑海里。

但只要经过书店，想都没想，一步就踏了进去。哪怕是旅途匆匆、光阴宝贵的异乡。

这也只说的是逛书店，还说不上是读书。博览群籍、学识淹通的大学问家，大多不甚谈逛书店；他们矢志于研读。好讲书籍取得之所在、买书寻书之经过或周折，以及书肆、书区、版本、店家众生相这类风俗，显然不是皓首穷经的大儒注心之处。

我亦认为如此才对。

也正因不埋头读书，甚至不懂学问的真正钻研之深趣，方弄出一些边旁的充当玩意，逛书店。

有很长的一段时间（二十世纪七十年代中期至现在），自小生长的城市——台北，新书店一如其他商业设施，变得极差，省下许多逛书店的时间。若逛，只是进进旧书摊。而牯岭街的书肆二十世纪七十年代初移至光华桥下后，因空气窒闷、灰尘积累，本也待不久，正好少逛。

近几年，台湾开始有了几家卖大陆书的书店，这才又频逛了起来。

倒不是大陆书比台湾书绝对出版得好，至少大陆书还没有台湾书的恶质花俏。譬如纸质，台湾早已不产粗朴的土纸，大陆仍多有。譬如装订，大陆仍多穿线、软胶之装法；台湾即使穿线，仍爱厚胶使之硬实，似图保护脊背之永固，却令人无法展阅，鄙见陋习之极。

一个城镇的综合文化积分高否，或许也能从书店看出不少来。台湾的各个城镇，在这方面十分一致。也就是看它的书店，知道它的书册知识文化如何。新式书店多的是重书架的漆色、灯光等装潢感，却甚少研想书之归类分区；书店之装潢愈骚包，你愈担忧它对书之本质的外行。

又其他行业如茶店、小吃店、二手衣饰店、生机饮食店、唱片店等皆有好此道的内行者或发烧友经营或镇店，唯独甚少内行人去坐镇书店。当然台湾的书店虽不尽合人需或人意，其他方面仍颇多可爱，这已让人珍惜了。

即以美国几家旧书店为例，像俄勒冈州波特兰（Portland）的鲍威尔（Powell's）书店，占地达一整个街块（block），书的分类、分区、绕转动线，皆绘有一张地图（至少一九八三年我去时是如此，如今是否以电脑查区、查类别则不知矣），备极详细体贴，且所有的工作人员皆像是内行人。当你再稍加审看它的书架之钉制法及楼面的使用，或某一房间畸零偏角之只能用作置放特别一偏门类书册，或甚至员工在勘定书价及回答电话之博广知识，你便知道我所谓的一个像样的稍有文化的城市所应具有书店之概略了。这家 Powell's 在 West Burnside 街，应是总店，其他尚有 Powell's Travel Store（在 Pioneer Courthouse Sq.）专售旅行书，有 Powell's Books for Cooks（在 S. E. Hawthorne）专售烹饪书，有 Powell's Technical Books（在 N.W. 11th）专售科技书。芝加哥大学附近的东五十七街上亦有 Powell's，或亦是同源。

这样的书店，照说也不算太难，加州伯克利的 Moe's［也就是电影《毕业生》中达斯汀·霍夫曼在对面 Mediterraneum 咖啡馆（2475 Telegraph Ave.）里坐着看凯瑟琳·罗丝走出来的书店］便是这种收书极内行、管理极有条理的大型旧书店。

　　旧金山在 Clement 街（也就是第二个"唐人街"）的 Green Apple 书店也是。西雅图在 downtown 的 Shorey's，相对起来太老、太过陈旧，虽然慢逛慢慢淘宝似也不错，但却不够条理分明。然而人若在条理分明的华盛顿大学附近书店找书，却往往找不到六七十年前的远久旧书。Shorey's 似乎富于印第安各族语言及风土之各类小书，也可能颇有早年造船、捕鱼等与当年此区产业攸关之老籍。

　　以上随手提的例子，皆在美国西海岸，主要有一点，乃第二次世界大战后不少家庭逐渐迁到气候宜人的西岸（特别是加州），造成许多日后售出来的书进到了旧书店，这些书，于是多半比较便宜，比东岸；也同时其所置藏的空间也比较宽大及稳定，往往品相更好些，亦保存得久些。

　　南加州当然也是个旧书店的天堂，但委实太多又太分散，这里就不提了。

南方新奥尔良是个风华撩人的玩乐城市，书店则不甚出色。法国胡同（French Quarter）里的几家旧书店，问店东府上何处，不止一位答"新泽西"。

南方最大的一家书店，居然是北卡罗来纳那州的达勒姆城中心的书籍交换所（Book Exchange），看来不仅是杜克大学的学子去逛，烟草业者也逛。

纽约市，原有不少好的旧书店，如二十世纪二十年代的十四街。再就是稍后的所谓"第四大道"，然似乎二十世纪六十年代后便散掉了，当是城区的昂贵及经营的不易等自然淘洗之故。附近所剩只是一家统合型的Strand。这家店逛起来比较累，偶也有好东西，但古老之物实在太少。

波士顿，也在东岸，当然东西也比较贵。许多书痴也常为了寻找"收藏品"（collector's item）特别长途驱车去更北的佛蒙特州（Vermont）或新罕布什尔州（New

Hampshire）的一些隐僻古镇的小店去淘宝。那些店，多半售"古董品"（antiquarian books），往往二三十家合起来印一份折页（brochure），列明地址、电话、所专类别等，令买书者先行确定自己之所需。此类旧书店，秋天过后至来年的夏天以前，天寒地远，凄凉寂寂，常常是不开门的，你必须先打电话预约。约成了，循着老板的路径指示蜿蜒抵达那间像是古代马厩的阴暗却极有寒儒气质的书店，也逛了，甚至买到了你找了十五年的一本你姑丈二十世纪初在达特茅斯学院（Dartmouth College）负笈时随着他恩师遍踏北地山海所协助写成的一本讲鸟的图录书籍，运气好的话还有他恩师的签名。

买完书，称谢，便要走出书店。店家当然索性关门，因为压根不会有闲客。这时他会好意问一句："吃过饭了吗？我们这儿倒是有一家小馆子不错。"接着两人出现在一个幽清的雅致小馆，吃着一点简单食物，喝杯咖啡，突然某一刹那，书店老板指着窗外一个正走向汽车要离去的人，和买书者说："你知道那人是谁吗？他就是隐居在我们这附近几十年的塞林格（J.D.Salinger，《麦田里的守望者》作者）。"

这种故事，说的是逛书店，有时闲趣得有如此。

但还说不上是读书。假如我能专志读书……假如……假如……或许就能改掉逛书店的恶习了。

刊二〇〇〇年十月六日

《明日报》阅读版"作家的书店笔记"

旅夜书怀

　　不可太过追求完美。出门旅行，打包用六小时与用十五分钟，结果根本差不多。尤其是抵达目的地后，把拉链拉开，打得仔细与打得随便，完全看不出来。

　　为了避开对完美要求无法实现之痛苦，我们何不索性把那份"完美性"抛开。譬似你要为参加奥斯卡准备盛装，若你穿八小时，一件一件试，总觉每件皆不顺眼，故干脆只令自己仅有四十分钟来穿，仅有三套来选，很快选定，反而更好。这也像有人办婚礼，为了完美，东弄西弄，结果这对新人都弄到吵架了；还不如随随便便登记一下，简略地举行婚礼，反而更白头偕老。

　　若能不挑剔周遭（如不懂得嫌公厕脏，不在乎与别人共躺于六个床位的火车硬卧），其实比较健康，也比较容易获得快乐。事实上，挑剔是逐渐学来的，是文明化的一种现象，甚至是文明进展中自然易于生出的势利习惯。

关于势利。要活在不被或少被洗脑的环境，例如父母不会一直告知你钱的重要；活在这样的家庭，便比较不会成长后每天都在想钱。同理，你所交往的朋友群，大家不谈名牌，不说什么五星级、三星级，大家不追逐功利，你便活得较幸福。若先天不良，如不幸生于势利父母之家庭，便更要以慧剑斩断之决心，追求外间更广阔淡好的新人生。

高级是什么？我姐姐不断自美国寄给我牙刷，看似皆专业老牌，然刷起来极不舒服。某次在台南住小旅馆，用它的廉价牙刷，竟毛又软又颇舒服。偶与广告大师孙大伟聊及，不想次日收到他寄来四管"健康牙刷"，取来一刷，竟然毛更软了，更好刷了。再看售价，竟颇廉。可知人间事太多与钱无关，与实质才有关。太多自诩高级的餐厅，喝水的玻璃杯常有肥皂味。杯子会如此，是肥皂没洗净，跟钱花多花少没关系。你很有钱，不知道洗杯子，只知买好的洗洁精，请仆人洗，他没懂"实质"，便洗成肥皂味。

有不少朋友迷信进口的高级马桶，结果那马桶惹出了极多问题。

二十年前，我的美国朋友准备生小孩，他们夫妻说到尿布之事，谓如能找到祖母时代留下来的老棉布，便最好了。我说干吗不用坊间的帮宝适（Pampers）什么的，他们谓，只在出门时不得已用那物，否则老棉布的筋理已绵之至极、柔之至极，那才是对宝宝的鼠蹊等部位最舒服、最人性的东西，更别说有多环保了。

这就是高级。

二十世纪三十年代在上海，据说绑票要绑穿长袍的老头子，而不是绑西装革履的光鲜绅士。乃长袍老头子家里往往富于财底，而着西装之士不过在公司楼房里替人打工而已。

关于找寻。人有那么多不快乐或那么多譬似钱那类的心念，便是因为"还没找到"。人之所以有这些那些诸多问题或烦恼，便因你还没找到教你专注用力用神的好事体，没找到全心用情的人，没找到你的"最想"。但所谓"没找到"，其实是你"都去找别的"了，也就是你被熏陶、洗脑，引导去找像钱那类的东西了。

也就是，你每天一起床，到底要去追求哪些"最想"？这是最难的。多半退休的人，有空，但找不到。

你还没找到。找到人，你就搞定了。找到地方，你就搞定了。找到事，也是。

多半人没碰上相与相投的人，没去到恰如其分的吃住、工作的地方，没做上展现恰好自我的事，这就是问题。最后他也有钱了，也有时间了，但不知道干什么。

刊二〇〇八年四月二十五日

《联合报副刊》

岁月没有使她老

美国的安详宁静，半由于疆土辽阔，另一半则由于她的时代进行没有受到大难的切断，能得以一直连续下来。

这种连续的时代感，最令台湾人有极大的感触及欣羡之情。当年许多研究文史学子在台北牯岭街买到一些二十世纪三四十年代大陆出版的书籍，便感到很不容易，特加珍惜。看到书摊隔一面墙是庭院深深的幽静日本式房子，也是令人怀古的老建筑，又一次兴珍贵之叹。

这种对不过才前几十年就已然感觉遥远不易之叹，是台湾人的通象。当然第二次世界大战的烽火，实在使人把日子都拉远了。

然而到了美国，几十年全然不算一回事；一个老太婆在一幢公寓里一住就是五十年，其间世界发生了多少大事，她依然故我。到旧书店买书，二十世纪初的书随手可以翻到，价钱也没有因年老就倚老卖老地卖贵起来。到朋友家玩，往往坐在他祖父小时候就有的沙发上，看着六十年前他祖母年轻时从纽约寄给他祖父的风景明信片，那时男人穿的游泳衣，是有上身的。至于你住的房子，看来平凡之极，完全产生不出"古老"的感觉，却是一九一五年建的；房地产的人会说一九四二年以前建的房子木料用得较实在，比战后建的房子更能御寒。而你家邻居停的一部车是一九四一年的Buick（别克）——因是战时，处处不忘劝人省油，挡风玻璃上还贴着"Is this trip necessary"（有必要出这一趟车吗？）的老贴条。虽然他用了四十三年，但他并没有过了好几代的那种久远感，他还想再在世上过个三四十年。好莱坞一九三九年拍摄的《乱世佳人》、一九四二年的《北非谍影》，皆不停地让人在电影院与电视上重温，人们虽知它是老片，总不觉它有多老，当被告知这些片子有四十多岁了，他们惊讶地说："真的？"

在欧洲，人们习于说战前如何、战后如何，足见两次大战把时代隔断成两个截然不同的面貌。美国人不说什么战前、战后，虽然两次世界大战他们也参战，珍珠港也被轰了，但整个美国大陆终归没有什么变动或毁坏，故美国的年月仍旧是一贯连续的。

在连续的时代下过日子的人，不会兴沧桑之叹，也因此美国人不老。即使营养过度摄取，皮肤多皱纹，致使看起来老，心智仍是青春简洁，态度仍是平坦舒泰。这便是让饱经苦难、多历沧桑的台湾人深感欣羡之处。

喜欢在沧桑之后歇息一下身心的人，如今应该可以在美国感受到这股时间的青春气息了。然而台湾人能有这福分的似乎也不见得太多，大伙还要再勤奋几十年，把基业打得再结实些，才敢谈享清福。也于是在美到处可见步伐沉重、衣饰灰暗、神情郁闷的台湾人；美国人的昂首阔步、尽情打扮、谈笑风生等日常情态，台湾人还需要一段时间才可能达成。

中华民族是适宜安定的民族，无奈二十世纪五十年代以前对中华民族而言最是多灾多难。活在这个世纪，把人的命都活短了。古诗说："山静似太古，日长如小年。"愿海外炎黄子孙都能觅得自己心目中的吉祥大地。

一九八四年

在旅馆

我不太懂得住旅馆，也从来没享受过旅馆的佳处。像游泳池，我没在旅馆里游过泳。甚至会觉得有些旅馆若有游泳池根本就荒唐，譬如香山饭店。当然，我虽住过几天，并不知道它有没有。像健身房或三温暖，我也用不上。像好的view（风景），也常没想到欣赏。即使是房间中的衣柜、保险柜、冰箱等，我多半不曾拉开过。

或许是，旅馆令我不"宾至如归"。可能得以解释成：我不易在旅馆房间中生活。然而人会说，谁要你生活了，只是让你在那儿睡觉！但刚好旅馆常让人睡不着。

我十分同意旅馆只用来睡觉，其他设施最好全没有。没有置于床头的《圣经》，没有摆在正对面的电视机，没有箱箱柜柜让你好奇去翻，甚至没有镜子引导人去独揽自照。更好的是连马桶浴缸也没有，你在走道的另一头把尿撒完了再回到房间，徒然四壁，倒头就睡。顶多是翻个身只见窗外（是的，要有窗，一定要有）一钩残月而已。倘说"用来睡觉"，这样的旅馆最符合。

很想住这样的旅馆，但不是太贵就是太便宜，不是极素雅就是极下流，委实有趣。日本京都太多高雅也价昂的旅馆（如石塀小路的那些）根本就是公用的日式便所与浴室，并且房间是传统纸门开合，连锁也没有。而刚好又有颇多客店（guest house），便宜之极，亦是如此。这两者全是我乐意住的。

房间中有卫浴，几乎是旅馆予人的必然印象，这造成许多台湾乡镇家庭在二十世纪七十年代装潢新房子时，特别弄成他那透天厝排屋（row house）的许多房间皆装设卫浴，显得舒适，甚至高级。我们那时高中毕业，到树林、彰化、高雄等地的同学或朋友家见此设施，颇感优宠。过几年再回想，才知道原来他心念中家庭的舒服，是要像"旅馆"。

这就像近二十年许多人家装潢房子爱在天花板装上板框，再挖出圆洞嵌入卤素投射灯，又这里那里铺上大理石片，皆全是要把家里弄得像商家店堂或公共大厅是一样道理。

家，他一径觉得，是如此的卑微。

像"西华"我没住过，但去访友见天花板如此之矮，老实说，我宁愿住像台中的"联勤招待所"。一来后者窗子能开，二来楼高仅两层，像我这种一辈子家中没有装设过冷气机的乡巴佬倒反而比较习惯。这还不只是说钱的便宜，即使公司付费，问我选哪家，我也会选后者。

欧洲各处的小旅馆及青年旅舍（youth hostel），形式多变，因物制宜，令人羡慕，常有出奇惊喜，这是旅途中的好插曲；但旅行最好少花心思在这上面，尤其不宜让住得不够理想影响你观风赏景的心情。譬似旅馆的免费早餐实不必吃得太久，令自己太撑。

　　当人觉得旅馆的阳台实在太舒服，餐厅太美味，花园太雅洁清宁，令人流连不想动，房中古朴书桌教人一张接一张的明信片、一页接一页的笔记写不停时，这代表，是不是这旅人已玩累了该回家了，或此处的外间风光其实并不深得其心？

　　或是，他原本在找寻另一处家？

　　我有时也猜疑，许多的旅馆是否也深知太多的游客是打着观光的幌子，实则想至远地去住一下家罢了。

　　这当然没什么不可以。即使我这种东荡荡西荡荡的游魂有时也在旅馆中突然感到舒适极了、空净极了；并且躺着想，假如每天住在这样什么自己的东西都没有的地方该有多好！接着按遥控器打开电视，节目琳琅满目，甚至画质更佳，愈看愈兴味益然，端的不能停下，一看看了六七个小时，连第二天该游赏何景都抛于脑后。而浴室的淋浴更别说令人有多酣畅了，水温恰好，洒水又宽又匀。

　　然这样的电视只能看一回，这样的澡也只能冲一次，第二天我并没有再迷恋它。并且这样的旅馆日后我竟没啥印象。那些我留有深刻印象的旅馆皆是既没看电视也常马虎洗澡之处。及于此，可见我不太爱干净，也不妨自我提醒是一身贱骨。

旅馆也可发人意念。有时想，家中为何不能摆布成空无余物，令之只如睡觉之用？

我今回家，便像走进堆货的仓库，却太多物事并不翻用；譬似旅馆里的衣橱、保险柜、吹风机及门下滑进的报纸一般。

另就是，倘我所住的城市，每日皆有玩不尽的风景，我的家何尝不该设置成只返回去睡觉的空净无物的空间？

刊二〇〇〇年一月六日

《中国时报·人间副刊》

旅馆与台湾人的起居

近两三年，我愈来愈常常想到"旅馆"一事。或者是遐想某个小城其旅馆应该生成啥模样；或者是倘住旅馆便宜，我一年选十二个佳美城镇去住，岂不可以每个地方住上一个月；或者是家旁紧邻装修房子（台北人不知何故太爱装潢房子），电动钻枪轰炸得人身心几要震裂，此时想要躲到近郊小旅馆，如淡水或树林，感受一些田野清静什么的。但其实不可能，乃没有这样的旅馆，全台湾。

总之，我常想到旅馆。

甚至我会想，旅馆马上要成为台湾二十一世纪的流行。君不见，太多人家中皆有一册型格酒店（Hip Hotels）的书。为什么？因为台湾人受够了几十年来住在自己劣质的家宅中，受够了台湾房子的建造全操在房地产开发商的手上，而不是被完成于真正生活者的手上。简言之，台湾的房子太烂了。我早说过，台湾人买不到好房子，只买得到贵房子。那些八千万、一亿一户的房子，你到里面走一圈，或是伸一下懒腰，你马上知道它的不堪：天花板极低，吸在鼻中的气还常留着半年前化学材质的恐怖气味，更别说它的墙面所携带的土质或木质，这类取自于自然界，柔软有吸音性、吸湿性等佳良材质几乎没有，而地面也极难有适合赤足踩上的所谓人性化物料，如实木或不上釉的土砖，等等。

且说一事，近来房地产的广告文案，已有往"度假旅店"上愈发贴近的趋势了。

但旅馆在台湾很难。主要台湾的诸多事物皆不能恰如其分。旅馆当然也是。且说人要到一个小城如嘉义去办事，必须住一晚，而他并不想住台北福华那类价格不低、房间却又不大，但仍要称为"观光饭店"的旅店，只想住一晚房间通风、窗户可开、冷气可随意关闭、床铺简洁、弹簧床垫不塌陷、浴室毛巾不是"不织布"、地板上不铺陈年地毯，然后房间有八坪（约二十六平方米）以上大小这样的传统朴素的旅馆，而花费在一千二至一千五之间。老实说，我怀疑住不到。不只嘉义，台湾各大小城乡皆住不到。

旅馆业者若是稍知下榻者的需要，便不会弄出一大堆他以为有用而事实上徒令住客苦恼的东西。像毛茸茸的扶手椅，若旧了，人怎么敢坐？还不如改放木凳，更令空间敞些。地毯亦有旧了泛潮发霉味的问题，还不如别铺。

我很想住那种浴室厕所是建在通道底端的旅馆，其实他只需专心把那三五间公用浴厕打扫得一尘不染就好。如此每间房间可以更空荡宽舒些，岂不更好？尤其是房里的床，平时是裸露出木板的榻，晚上要睡时才由橱中取出薄的 futon（布团，被褥之义）铺上，一如日人之常，这样白天的起居时光顿时清雅宽舒多了。须知旅馆的那一张铺了白布的厚垫弹簧床（尤其是 king size 的大床），占据了房间最大的空间，殊是可惜。

台湾各城镇的老式旅馆皆没落了，若有人（如第二代）打算将这些旅馆重整，不妨试着想象：有朋友或同学在家中留住一宿，我的客房应该弄成什么样，他会最感到简净舒坦。房间能做到如此，旅客便会极想下榻。

刊二〇〇七年九月十四日

"联合副刊"

如何经营民宿

上个周末去了一趟雨中的花莲，饱观了远山缠上白色腰带、随时变幻莫名的无尽风光，早晨见之，下午见之，永远不厌。深叹此地人真是活在天堂里。

或许正因像天堂，大伙纷纷在这儿住了下来，也弄到据说花莲已有三千家民宿。有人笑说经营民宿快成了花莲的全民运动了。

民宿在台湾，已流行了十多年，然而弄得很荒腔走板。譬似僻处山谷的民宿犹不忘在下午茶中供应从都市宅配过来的充满人工奶油的蛋糕，而完全忘了以山家自栽的梅子做一杯简易可口的梅茶。这类例子极多。

如何打理民宿？

先说空间。不妨以主人家的大小来设想。如他家不甚大，那就只划出一间或两间来做民宿。有时划出六坪半（约二十一平方米）与八坪各一间，较之切小成三或四间更有利益点，乃住客更乐意多付百分之五十且入住率更高。尤其是只有两间房的店，往往大费工程重新移动卫浴的成本可以省掉极多。

大通铺式与房中央置一床，是为两种迥然不同的下榻风格。

我个人最倾向既非置床，亦非大通铺，而是在木头地板上置"榻"的方式。这榻，以木板定制，距地三十至四十五公分高，大小约如单人床，外形约如宋人明人画中所示。平时或白天，人可坐其上，一如坐板凳；晚上临睡，铺上垫被或日人的"布团"，再覆上床单，便可躺人。

榻的大小，自以房间的宽窄来设计，亦可做成双人床一般大或更大，且钉死在固定的某面墙边。至若前说的如单人床大小者，则可做两个，且不钉死，可随时分列，亦可在睡觉时合并。

没铺上床被的榻，视觉最教人空简。榻面上亦可置几，喝茶、下棋、看书，甚至可展大幅书画览阅，皆宜。

民宿的空间最宜多用木板。乃台湾人平日生活最缺少木头；既住民宿，何不一偿素日之最向。此木板最好用真实之材而非充满胶剂的夹板，且不可上漆，如此足踩上它或身躯睡着它，才会柔适有呼吸。

这样的木板如何取得？一、不妨用旧料，亦可用装货的贴板。二、用漂流木亦可。三、进口东南亚等地的便宜木料。总之切不可妄想用什么桧木或高级的建材。

倘地面有地板而其上又有榻，则人所处的空间何其柔软珍贵，如此则不宜再添杂物。譬似不可放文宣品、书籍，不可放梳妆台（要照镜子、要化妆可径去浴室），不可放小冰箱（免受压缩机转动之高频噪音）。

再说床单。床单，是下榻者与打扫者最关键之标的物。

乃下榻者最重视它的洁净度，而打扫者最需费心整治出一张洁净无瑕的床单。花莲、台东多炎阳，正是床单最好家园，时时可曝晒也。

然最好的方法还是"住客自携床单"。若他未备，可租店家的，八十元。或向店家买，一张二百元或四百五十元之类的。

须知旅馆业者应悉如何自南亚等地买得便宜又织作良好的极薄白色纯棉床单，而此种床单恰好是传统的台湾（如二十世纪五十至八十年代）极其少见又极其不受民识所及者。

牙刷、毛巾、枕头套等亦同此理，店家不免费供应。且看一事，老于旅行者，行囊中永远带着自己的牙刷。若还带着自己的毛巾，必是极薄极小的一条，乃求好搓洗亦好晾干也。

忽忆一事，二十世纪八十年代，美国有一家小航空公司，称"人民飞快"（Peoples Express），纽约飞往洛杉矶，只需九十九美元。由于价廉，凡事求简，倘旅客托运行李（check in），则每件收两美元多。故大多乘客索性自拎包包登机。机上不免费供饮料，省却空服员无谓工作量也。犹记点一杯咖啡，索价五十美分。诚是深富环保思想的旅行业也。

浴巾，是台湾最大的迷思。亚热带哪用得着这么大的一片巨布厚幕呢？北温带地区洗完澡，离开蒸汽热雾，便是寒冽空气，披上大浴巾防御乍冷也便罢了；台湾若用浴巾，极费空间悬挂，且不易干（此地潮湿之极）。倘送进洗衣机清洗，水槽极不好转，乃它吸水量太大，如同蔓延几里的渔网，一团重物。而它与洗衣粉混合后，rinse（清滤）起来相当耗水，往往要 rinse 两次，更别说洗完晾它要晾半天，以烘干机来烘要耗无尽的电。

而其实它不过只是擦拭了人身上几许水珠罢了。

还有肥皂。店家可将有机手工肥皂切下一片，装在有拉链的小塑料袋中，免费供住客用。用剩的还可装入袋中带走。

照说好的有机肥皂，洗头洗身洗脚，也皆一块够了。台湾如今手工肥皂工坊突的一下冒出几百家，正好可供民宿业者细心选用。

房价，最好与民宿主人的风格相合。亦即，如主人是朴素却深富质地之人，则它的价钱亦透露出此种意蕴，如不必低于六百，却也不高过一千四，如此之类。如主人是珠光宝气者，则它的价格往往亦不免珠光宝气化。

这个世界的趣处，常在于许多美好的构思与设施，往往价钱不用付高。

刊二〇〇八年六月二十日

《联合报副刊》

十全老人

一、吃饭——吃饭多在家中，餐餐四菜一汤。概多粗粮，米麦粱秫俱有。时蔬杂备，肉为点缀。鸡鸭买自山后村家放养者，蔬果亦来自零落园亩而非大场强加肥料揠长之品。葡萄常吃到酸的，所吃香蕉总是弯瘦，西瓜没吃过无籽的。

油盐少使，味精未闻。若贮西食，不过巧克力、奶酪、咖啡豆数项而已。

既少上外间餐馆，厚酱浓辣无需入喉腹，菜上刻花及伧俗盘器亦无虑碍眼。

家中碗盘粗净，出自地方窑坊可也，白瓷、青瓷、酱色瓷皆得用之。

从未用过免洗筷，亦不甚有机会用塑胶筷、象牙筷。

没吃过一碗方便面，没喝过一杯可乐或罐装咖啡、即溶咖啡。

偶有宾客，不妨对酌。黄酒、大曲、葡萄酒皆好。下酒的花生米、豆腐干、白切肉也易备得。

二、住居——容身于瓦顶泥墙房舍中，一楼二楼不碍。不乘电梯，不求在家中登高望景，顾盼纵目。

必居于有四时之地。冬日瑟缩，倚炉火漫度长夜；夏日挥汗，炎炎午后正好瞌睡连连。

亦必有庭院，院中有树。不识营造园林，无需曲径通幽。疏树两三株，菜地一小块，有闲地堪晾衣晒被，人出房进屋，有屋内室外之际足矣。

木窗木门，无需镂花冰裂。开门可以见山，闭门无需思过。坐只木椅木凳、藤椅竹椅；板硬不耐久撑臀骨，而藤竹骨疏，久坐时闻吱吱咿咿，亦令人如半坐半悬，适教人坐坐而起身动动，不必如烂肉一摊深陷软絮终日。

卧则棕棚、藤棚、木板棚，上铺棉褥。不用弹簧垫。

求其硬，撑倚易也。

三、行路——不曾坐飞机。轮船稍有，扁舟则最素常。近则安步，远则汽车火车。山道维艰，偶赖流笼滑竿。

若乘汽车，不曾行驶在高速公路上。

行路观风赏光，随遇而安。迎面拂风，抬头见月，不必吟风弄月。停村坐店，但求歇其所止，不特攀乡搭客。

四、穿衣——穿衣唯布。夏着单衫，冬则棉袍。薄衫夹里，层层披上。暖时脱卸，凉则添加。不特变化款式，亦只灰蓝颜色。件数稀少，常换常涤，不唯够用，亦便贮放。不占家中箱柜，正令居室空净，心不寄事也。

五、度日——爱打呵欠，伸懒腰，咳嗽，清喉咙。偶亦吐痰，吐于土中，随滚成尘团。喝茶，时亦以舌漱荡口中浊腻，吞腹中。

凡写，只知以笔，不曾按压键盘以出字。实亦甚少写，日常唯以圆珠笔或铅笔记下电话号码。偶一写信而已。严冬呵冻笔研墨写春联已算是年中写字大事。

从未看过录影带。凡看电影，必看自电影院，且必在旧式单厅大院。切割成六厅八厅之新式小放映院，不曾进过。

听戏曲或音乐，多在现场。且远久一赴，不需令余音萦绕耳际，久系心胸。家中未必备唱器唱片，一如不甚备书籍同义，使令暗合家徒四壁之至理也。

倘合以上，其非十全老人？

百年来天下四处，此乡彼镇总存在些这样的十全老人。我亦途经不少地方，窥望度测过一些这样的人，或十全里的一袭一抹，引入遐羡。隔久了，走远了，亦常在心中泛起。旅中受风寒，卧床空寂，拉杂记下。

刊一九九九年十二月二十三日

《中国时报·人间副刊》

丧家之犬

　　我每天花不少时间出门走路，多半为了吃饭，时而缴缴水费、电话费，顺便舒张筋骨，附带东看西望，流盼耳目。白天走，深夜也走。像有时起得早，想吃碗"林家干面"(泉州街)，便从金门街沿南昌街，转巷子进牯岭街，上宁波西街，到泉州街。吃完无事，或者到美国文化中心的图书馆翻翻那已然缩小的书库，又或者到植物园逛逛，再回程选另一路线返家。又或者下午想到台大附近喝杯咖啡，便跨过罗斯福路至浦城街，穿小巷，再穿过师大路，上泰顺街，跨辛亥路，进入温州街。如此绕路而得游巡巷弄旧日味况一抹。这样的漫走，走的是巷子，避开车水马龙的康庄大道，而巷弄里多的是狗大便，原来它们和我一样也会选幽处。选走墙巷，弯弯曲曲，不觉其长，却一天平均也约达五公里。有时一开门，一坨大便横在地上，形状犹新，偏身避过。回家时见它，已被踩踏过一两下，屎迹斑斑拖延至几步外。第二天出门，屎迹早平，色泽也灰淡了，走在我前的那个邻居一脚踩下去，看都不看一眼。

路上的大便被踩了太多次后，也就不脏了。

白天走，黑夜也走，台北不同于纽约、芝加哥，深夜走路也适宜，至若月明星稀，车少人少，更是良夜独拥。走着走着，往哪儿去呢？十几分钟后，来至在一所大学附近的小酒馆，酒客刚散，店家正在收拾打扫，因是旧识，且走进打声招呼，闲聊几句。待喝过两杯开水抽完一根香烟，再转身继续走路回家。这样子几年过去。有一天深夜，我来到酒馆，发现门前坐着一只狗，神情沉定却仪态不失威猛，俨然是这店的家犬。进店一聊，才知原委。

这狗被唤 Kevin，却是只雌犬，当是狼狗与别种狗之混血，略有《荒野的呼唤》中那只巴克的模样。体型中大，毛长，年纪约有六七岁，已不年轻。来此巷弄阡陌已有几星期，附近咖啡店、西餐店及摊肆原就密聚，各店家见Kevin相貌可喜，招它逗它，喂它食物，它虽不是见食物必吃，总之也相安温饱。经过几星期的盘桓厮混，终于Kevin选定这家酒馆投止。这一待下，至今已是五年。

我和酒馆工作人员聊及Kevin多次，咸猜想它绝非生来就流浪的，也就是原先应有主人。这可以从它的感情表达上、吃食习惯上、教养上、脖子上的痕迹等猜度。然何以它会离开主人来至外间？是主人不能继续要它抑或是它不要主人？

它和所有野地生存有机防警惕的动物一样，从来不让人看见在何处大小便。即使已落户在这酒馆，却从没在馆内大小便。有工作人员悄悄跟踪它，想看它白天在哪儿厮混，却不曾找到它的厕所。

　　为什么选择这酒馆做它的家？我们也探讨过。缘分，当然。但不妨说得细些，是许多真情的体悟。酒馆中爱它的工作人员比较多，浓度也比较厚；更可能的，与它比较相得，一种灵性的相通。

　　Kevin 是狗，先天上懂得体察它要的气，或许这儿的气比较阳融。且说一件事，这儿偶尔也会经过一两个或是精神异常或是步行歪倒的流浪汉，往往这类人还在三四十公尺开外，室内的 Kevin 已扰动不安地低吠了起来，有冲出门将之驱走之势。譬似那类精神异常人身体的分子机制，其结形构成已紊乱，而狗对那份紊乱很能感受，并在先天上或经验上本能地去抗退它，就好像狗遇到鬼也会吠一样。湘西赶尸，遇上村庄，总是绕行而过。

　　气，是超越距离犹能被察觉的，酒馆内的摇滚乐震天价响，又人气混杂，然室外几十公尺处不清净之气依然可被感受。当然，不是每只狗皆能如此。

　　有一次，某个工作人员抱来一只猫，在店里养了几天，那几天这工作人员逗Kevin，它皆不理。叫它吃饭，也要吃不吃的，失落了好几天。后来猫送走了，Kevin才恢复原先的欢乐。狗，也有嫉妒。

有一次我和店主人聊天聊到天亮，恰好肚子饿了，想去考察一家大稻埕老店的早餐。两人开了车出发，过了十几条街，从后视镜看到Kevin竟然在后狂奔跟随。我问，要不要让它上车？回以不宜，乃它身上不免有跳蚤。我说，要不要先折回安抚它停住不动？老板说索性开快些令它追不上知难而归，便加快速度，车快了，看到Kevin奔姿也快了，端的是雄飒好看，却也看着有些不忍，愈跑两者相距愈远。我有点想说干脆改天再考察早餐算了。这时再回看Kevin已不见踪影。结果那顿早饭两人都吃得很快，吃完嘴巴都没抹就又飙回店去，进巷口，Kevin已摇着尾巴奔了出来。看着才分别没太久的它，竟然胸中不免颇有涌荡。

酒馆的工作人员，也常出于各种原因，总有不能再做的时候，他们全是Kevin最好的朋友、最好的主人，有的走后几天，Kevin 开始觉得怪怪的，继过一阵又平淡了。但这人半年后又出现，和 Kevin 抚抚搂搂，Kevin 或还有些怨意。我是过客，从开始见它至今，每次总是先唤它名字几次，接着它摇尾巴靠近，然后我摸摸它头及脖子，就只这样的交情。到底是太多年了，它当然认识了我。今年冬天，雨下个不停，工作人员也更替了些，有些晚上竟因寒雨显得寂寥。这么一刻，我坐在吧台，眼睛朝着无声的电视，一回头见满身湿毛的 Kevin 摇着尾巴朝着我看，像是欢迎。它定是在外头乱晃而后发现我来了，从雨中跑回来。

除了孩提时从路上带回一只花狗在家院子里养过几天外，我没养过狗，也不懂狗。原本想写自己东晃西晃、几如流落街巷的琐事，并先安上题目《丧家之犬》，不想一写竟自写成如此。

刊二〇〇〇年三月二十三日

《中国时报·人间副刊》

咖啡馆

咖啡馆，颇好的一个题目，但不知还能再写否？

咖啡馆，一种四周有些微声响却又提供一份足可让你专心的热闹（或者说温暖），是一种客厅，令你有讲话的欲望，令你有珍惜许多零碎片段、发作零碎片段的潜能的地方。它没有纯然的安静，这正好使你精神提振，有时脚心暖烘烘的，不是居守家中时的凄清死寂。店中来往经过的人影与旁人无关宏旨的话语恰恰不至忧扰于你，反而将你心中携带的没甚分量的杂质琐事一并扫走，仅存剩那一径引起你留意的属于你个人的本有之事，将之呼出唤出。不时你可看到有人在店中出神，有人笑得震天价响，有人给他的同伴一记耳光，清脆之极，也有人自顾自地接吻；好像偌大的咖啡馆顿时成了一辆长途巴士，大家在颠簸行车中、窗外凌乱流景中可以震迸挤闪出自己想做的任何松散行径。

我咖啡喝得不多，亦非生于咖啡沙龙之地。然既是二十世纪六十年代的少年，在台北熏受西洋城市风情的一鳞半爪，人行道上的马靴移踱，骑楼下的摇滚音浪，"野人""天才""明星""天琴屋""美而廉"等咖啡屋与"田园""贝多芬""十字星"等纯吃茶，耳濡目接多矣，以是二十世纪七十年代伊始也自顺应时流，坐坐咖啡馆，出没其中。这也形成二十世纪八十年代初茶艺馆发端小炉烹水，潮汕式小壶泡茶这种溯本返乡、道姑式袍服女侍穿梭、紫微推命山人在座的草庐清谈佳所，已不能吸引我参与。少年时先入为主的嗜习总是深锢。哈林区贫童打惯了沥青地面的篮球，日后想不到打高尔夫。得州辽原上看惯汽车影院的牧牛孩子，后来坐进戏院观影，总觉不酣畅，看到像《大地惊雷》（*True Grit*）中约翰·韦恩口咬马缰、双手发枪的那股刺激，还得强忍住狂叫声。

　　咖啡，据说土耳其人喝得早，但近代咖啡馆风尚与形制之蔚然成势，不得不归功于几个欧洲大城市，像维也纳、巴黎。

　　二十世纪世纪九十年代，所谓的"快乐九十年代"（Gay 90's），维也纳由于地当欧洲的辐辏（去布达佩斯、慕尼黑、布拉格、克拉科夫、威尼斯等皆不远），城市气象丰乐，东欧南欧的小民闲情之起居也得以容纳发扬，故而咖啡馆极盛、极可观，这皆不是北边欧洲国家（如斯堪的纳维亚、不列颠等国）之寒冷清疏所能融聚者，也不是南边欧洲国家或地区（如希腊、土耳其、南意大利、保加利亚、西班牙、葡萄牙）等星罗棋布的小摊、小肆所能比其雄大者。

　　维也纳的大咖啡馆（grand cafe），如 Cafe Central、Cafe Hawelka、Cafe Pruckel 仍带着古旧年代的金黄光痕，座中老人多的是像作家斯蒂芬·茨威格、导演冯·施特罗海姆

（Erich Von Stroheim）那样慢条斯理的情态。而它的音乐，假如有，也该是施特劳斯的圆舞曲，或是 Anton Karas 的齐特琴（Zither）曲。一如希腊各村镇市场的小咖啡店的音乐，比较该是 Bouzouki 民乐。

巴黎蒙巴纳斯的大咖啡馆，像 Le Dome、La Rotonde、Le Select 及 La Coupole 等，吸引过亨利·詹姆斯、海明威及萨特，也逼使马克斯·雅各布（Max Jacob）在自家墙上写一纸条——"不可去蒙巴纳斯"——以为警惕，亦如维也纳的名馆一般华丽、一般久历观光客坐谈及探看指点，不免成为老生常谈（cliché）。若真要去，只能在冬日清晨独坐早餐，或偶在深夜看完一场艺术老片与三两好友畅谈。其余时候不知尚有何可流连？倘只图咖啡本身，站在吧台三两口尽之，丢六法郎，喝完走人，其实最宜。

蒙巴纳斯的名咖啡馆，我还真去过一家——La Coupole（园亭咖啡馆，102 blvd. du Montparnasse），是在早晨，并且坐在室内，觉得比坐在露台上好多了。当时毫无观光客，清幽中得以审察其桌椅：方桌的两边叠有提板，提起时，可使桌面大些。桌脚包有押花的铜皮，颇有旧日风。座位的面，是绒布，人坐着不会滑滑溜溜的。椅背上方有铁杠相夹，中间可置衣帽，设想周到。点咖啡一杯，十点五法郎；牛角面包一个，七点五法郎，共十八法郎，不贵。咖啡端上时，还附一片巧克力糖，颇有趣意。享受老牌名馆，大约应该坐那样的桌椅，身处那样的空荡空间，并且在空荡闲慢的时辰，不是吗？

巴黎咖啡馆的本色，当是那些寻常小店。像第五区的 Le Mouffetard（116 rue Mouffetard），位在菜场窄街上，很有早市茶馆的氛围，面包及 croissant 皆好吃。

离卢森堡公园不远的 Le Fleurus（2 rue de Fleurus），像许多社区小店一样，又卖香烟，又卖冰激凌，还有一台钢珠机，但它又是一家不折不扣的小咖啡店；卡座的桌椅半古制，又有一点 Art Moderne 的桌脚风味，很简净，坐下来真是舒服，并且清幽。

如今更倾向于简朴小店，喝咖啡喝啤酒进小店就好，愈少附加装饰愈少风情，愈佳。能否久坐慢酌，实在于当地的俗情之闲淡与否。希腊便是这样的地方。即在雅典这样闹哄哄的名城，树下的露天椅座、菜场穿堂或是骑楼，皆多设桌椅，老人常年坐着，你我也可坐。

　　最佳的咖啡座在岛上，特别是较大的岛。米克诺斯（Mykonos）或桑托里尼（Santorini）这样的豆米小岛，游人如织，清幽的咖啡馆不易觅。克里特这样的巨岛，便在各处隐匿的村镇上有极为太古遗立的小馆，令你一坐几可坐上一辈子。但咖啡馆最丰富老旧的岛，是莱斯沃斯（Lesbos）这个希腊第三大岛。它的优势除了腹地深阔（不像其他名岛只受海边之无尽观光化），也可能因它最近土耳其，有昔盛今衰的某些旧帝国之风情遗存，喜爱逢村遇镇一家换着一家坐坐咖啡店、吃点村菜、小啜香酒、打打骨牌的，这里是天堂。

　　希腊的清简小咖啡室之于维也纳、巴黎的豪雅典丽大咖啡厅，颇可譬之于几十年前成都坝子（平原）上的竹椅茶馆之于江南扬州有精致汤包、干丝的综合茶馆。扬州昔年的富春茶社，烧卖、面点之可口驰名，大概就像维也纳的 Cafe Demel 整整三层楼巨构中坐满了品尝甜点的饕客，是典丽时代的史义，只是前者不存，后者犹在。

最没有情境的，是日本的咖啡店。他们的居民自己也知道，坐咖啡馆，端的是看起来硬邦邦的，格格不入，倒不是设计不良，也更非咖啡味道不好。

日本人太细腻、太精修边幅，即坐在维也纳、巴黎或希腊纳克索斯（Naxos）岛上 Apirathos 山村的咖啡座，似乎没一处宜得其所，总显得画面不协调。不知道他们到台中或高雄的庭园咖啡馆去坐一坐，会不会好一点？

台湾近十年来也多开了咖啡馆（虽原本已很多），甚至连锁地开，大规模地开，不知是何道理？看来不见得是沙龙性之需要，比较会是社会精神面之退落及都市生活之空洞所致。且多是用"蒸汽快压"（espresso）式机器煮出，取代了前二十年惯用的"虹吸式"（siphon）煮法，竟也门庭若市。来客坐馆者多，品咖啡则未必。邻近的香港，咖啡馆少极，茶餐厅却极多，倒真实际；相较之下，比台湾有风格多了。

刊一九九九年七月二十九日

《中国时报·人间副刊》

台湾最远的咖啡馆

前几天朋友问，最近在干吗？我说，跑到一个地方喝了杯咖啡。他问哪儿？我说：台东都兰。他道：哇，台湾最远的咖啡馆！

这个咖啡馆正确的说法是：台东县东河乡都兰村六十一号。但内行人索性叫它"小马的咖啡馆"或"糖厂咖啡馆"。

花东被视为天涯净土，至少已有十多年历史；而其中台东更被视为净土中的净土。但在整个台东，近年都兰竟然最被频频提到。

我直到最近才得初次造访，却在两个星期中连去了两次。为什么？我想是因为这里舒服。

　　怎么样的舒服？我只能说，任何地方你坐下来，一坐竟坐上五六小时，却完全没想到要起来，也没想到要换地方，像是这世界上没啥事要去处理似的。我指的便是这种舒服。约略是所谓全身的放松，或说，对平常的那个你的一种遗忘。

　　你甚至惊讶自己已有几十年没这么坐得住了，这或许便是气场的魅力。一个好的地方，教人啥事也不想做。一个充满灵气的地方，教人忘了自己有多重要。只说一例，我在这儿待了好几天，连一本书甚至一张印有字的纸页都没带，却完全没想到要读些什么，即使是睡前，也毫不觉得无聊。

　　再就是，睡了一觉醒来，腰也不痛了。说到睡觉，倘你想好好睡他个三天，甚至白天睡晚上也睡，都兰绝对是好地方，极可能是全台湾最好的地方。难怪有那么多的有心人迢迢到此觅一块小地，辟土垦荒，建一方小家园。亦有人来此建成民宿，造惠远来的游人。无论你在何处住下，洗的澡都舒服极了，或许是水质好，更或许是氧气好。

一千一百公尺的都兰山，与太平洋所夹的这几百平方公里的优美坡地，处处供应人无限的美景与佳气，往往车子一个转弯，便是世界绝景。凡望向太平洋，远处的绿岛总在眼帘。而小马的咖啡馆更是都兰山脚下一个缓坡接着一个缓坡最终到达一块最平旷地势中最方正（即"新东糖厂"）的一处屋舍。不仅仅是它的地气好，更因为小马的无为而治的开店风格，使这里变成最能聚人的海边地角文化沙龙。往往前几小时还空无一人，只有懒狗在门前睡觉，突然全世界的人就一一出现了，来自台北的、香港的、洛杉矶的、巴黎的，甚至北京的。总之，自觉想看山看海、要追寻空旷空无的，便即这么来抵了。

四十多年前美国民歌手 Arlo Guthrie（阿洛·格思里，

伍迪·格思里之子）唱了一首歌《艾丽斯餐厅》（*Alice's Restaurant*），谓"你要什么就有什么，在艾丽斯的餐厅（You can get anything you want at Alice's Restaurant）"。歌中这家餐厅的真实所在地，在马萨诸塞州的小镇 Stockbridge 一家极负盛名的旅馆 Red Lion Inn 旁边的小弄堂里，我游经此镇时亦无聊兮兮地一去张望过它的旧址；而如今小马的咖啡馆，在星期六的现场演唱夜晚，聚满了开心的人众，有唱歌的也有听歌的，亦有边唱歌边讲笑话的；往往高手云集，巴奈、黑妞、达卡闹，甚至胡德夫竟然不约而同皆来了，你唱完了我唱，我唱完了他唱，整个店里聚了一百多人，乐极了，也疯极了，这当儿，世界怎么恁地美丽，啊，也俨然是"你要什么就有什么"。这个台湾最远的咖啡馆，有可能也是台湾最近的咖啡馆。

刊二〇〇九年四月二十九日

《联合报》

咖啡馆的掌柜

开咖啡馆的都是些什么人？有时心中会问。

往往是些有梦的人，但都是小梦。这种小梦经过了好些年以后，我们做顾客的去回看，竟不禁十分敬佩他。便为了这类小梦，他把这家店一径开了下去，也因此聚集了很多四面八方的人，撞击出许多有趣的故事，甚至改变了好几个人的一生。

这些掌柜，有一个共通性，皆很在小事物上显出极当一回事的那种性格。好像说，他们很希望自己是"讲究的"，或对于某种人生角度有一股难以言说的坚持；有的表现在对于杯盘的选择上，有的表现在洗手间墙上对客人叮咛之留言上，有的在吸烟区的规划上，有的则表现在规范客人进门脱鞋这件事上。不约而同的，他们又都在咖啡的冲煮上表现出极高的自信与十分乐于示范的精神。

常常你看了几十家店的掌柜，居然觉得他们皆很像。

他们有一袭冷冷的却又客客气气的模样。有些客人对这样的掌柜感到很亲切，至少感到不怕，例如有些撒娇的小美女很敢和这种掌柜东聊聊、西扯扯，或有些跋扈的中年妇女很喜向这样的老板尖声说话，或呼来唤去，或时而只是诉苦。

我其实很同意咖啡馆掌柜们的这类种种性格。他们在这些城市各角落，委实温暖了太多的悠悠晃晃飘动的客人，给他们一个短暂的栖坐小窝，给他们一杯暖沁心脾的饮料，给他们一段宣泄心胸的机会，甚至只是给他们一个目的地，令他们自东西南北可以终于去抵。便好像来了这里，才明白你适才人生的波涛汹涌其实没啥大不了，人家这儿不永远还是那么的像平常日子的无事吗？且看掌柜眼镜后的永远平定一径的无辜眼神，你便知道，这儿，才是你的家。

每个常客，亦有他最投缘的一两家咖啡馆。有的喜欢某店的安静，适于他看书写稿。有的喜欢某店的设计，适于他眼界一新，身处好桌好椅好窗好墙之间，心中一快。亦有喜欢某店的音乐，喜欢某店的自由凌乱、众家儿郎俱得在此放情胡坐彻夜不归之类。但无论是哪个原因，都极大成分要归功于那店的掌柜。岂不闻，人方是任何空间的灵魂。

有一种掌柜，由于太有个人感染力了，人们来此，俱为了他；那么他的咖啡馆应只设计成一条长弧形的吧台，客人皆环坐在吧台边，随时听得到他说话，也随时可以参加众客人的谈笑。须知有愈来愈多的咖啡馆已扮演少数一二十个常客的近乎私人之沙龙了。

不禁想起西部电影中，沙龙里最核心者，便是那一长列吧台。好的吧台用的是桃花心木，可以把酒瓶由这一头推到那一头，滑行极顺而不倾倒，将左轮枪滑过去更不在话下。吧台后的酒保，你去注意，选角必很有道理：他必须"很像"干酒保的。

咖啡馆的掌柜亦如此理，他的"选角"，若能恰如其分：有点冷冷的，但接纳客人又往往能臻温馨；煮起咖啡来颇能顾盼自雄，倾听老客人诉起苦来却又能颇耐烦；喜欢打理他自我的一片空间，却更乐于每天期待推门进来的任何一个客人，以及他带来的故事，昨天的与明天的。倘这掌柜能找到他在这世上的"选角"，那么这小小一爿咖啡馆，岂不是他与好些个来客的美丽天堂！

刊二〇〇八年八月十五日

《联合报》

在途中

莫泊桑的短篇小说常题"En Route"（"在途中"）。这样篇名的小说有好几个，多记火车上乘客们看似细小事故却颇引他发掘个中情节之慧眼笔墨。我亦常在途中，然多记树、石、路况、屋舍形状、吃饭价钱等自然眼见，不怎么叙人情，而人情何其有意思。

在大陆，硬卧的火车最见众生相。人蜂拥登车，先找好铺位。随即将所据铺位充分利用，像是即使是临时的家也不放过好好享用。见钩子，且把外套吊上。见横杆，且把毛巾取出挂起。这时同行之伴过来找他（虽一起买票，有时座位未必相邻。亦怪现象也），往往与旁客相议换铺，也常换成。接着是最紧要之事，提热水。所有人皆自动往开水间去灌热水，倒进每人早已备就的茶罐里。这种可将盖子旋紧的玻璃罐子，近十多年人手一罐，乃全民同识之最显著现象；固然这两年生活富泰已有多人渐不用了，但长途火车上却又见其普及率，即使看得出有些西装革履的出差白领所用罐子还是新货。

当他们人手一罐热茶，我不禁心生羡慕。火车，便是用这种罐子喝茶的最好时机。不久，愈多的相识者自别的铺位各凑聚成好几堆开始取瓜子、递橘子，然后聊天或打牌。他们充分利用这块地方，并将此公共地暂时围成自己的家。很快地，瓜子壳、花生壳、橘子皮等充分地堆高在茶几或地板上，茶水充分地被喝了又加、加了又喝，而杆上的毛巾不时被取下去搓浸热水、拭面，再挂上。

这类在车厢尽头绞毛巾及撒尿等事，有人趁势在两节车厢接缝处抽一根烟。

充分地耗吃零食、耗用空间及时间打牌，居然令车程变得很快，不一阵子又要吃饭了。有人买推车上的盒饭，有人自诩内行，趁停站时奔下月台买当地的盒饭（犹记某次在广东韶关，人蜂拥往月台买煲仔饭），有的顺便买瓶啤酒。他们真是能把一顿摇摇晃晃的饭吃得充分。

这时有一堆友伴收起扑克牌，立起一个牛皮纸箱权充饭桌，铺上报纸，取出一只烧鸡（这是山东发出的车），一袋花生，并一瓶梨花春之类的白酒，再找来六个纸杯，便这么吃着喝着，当然也聊着。直吃了近一个钟头，没有筷子，以手撕鸡，以手剥花生壳，不时互敬互酌，酣畅极了。酒尽，取来几个火烧掰开来吃。

我呢，坐在走道旁的小凳上，吃着我的第二个苹果，望着窗外已昏暗的疏景，考虑要不要天黑后就躺到我的中层铺位。

曾因旅行在汉语遍布之地驻足太久，而偶见一册外文出版社所出的 Raymond Chandler（雷蒙德·钱德勒）简易本英文侦探小说《别了，亲爱的》（*Farewell, My Lovely*），便买下准备随时逢乡遇旧地翻读，让脑筋到另一旧识异域再去漫游。这本英文册子只六十二页，正适于躺着举看；但车厢灯光太暗，老花眼镜又搁忘在已上架的行李箱内。最主要的，我向来不习于在车船飞机上看书报，便断了看书念头，躺着发呆。每隔一阵子，耳里传入不同的方言。其中以主导乘客之方言——山东话——为较大声，而以小众的苏北话、吴语为较小声。

翻个身，趴着，自中层铺位看往窗外，角度较高，景致竟自不错。下床撒尿，下铺的酒席早已散了，而流荡在空气中的酒香可闻。经过走道，别的铺位亦有另外的酒气，诚不啻旅中作乐。随想起各地路上、车站、公园中常与人交肩而过也嗅到的酒气，即中午亦然，尤以劳力者更是。他们的咫尺天堂。

又想到，凡有人聚栖处，即使临时，便有热开水。而凡见烟水，可知人必聚处就近。

　　大陆人每到一地，必先找好热水。自北京赴山西途中，我们的司机一进饭馆，先找热水瓶。各地电梯的车掌交班时，必拎着热水瓶上下岗位。机关里、写字楼的每层，皆有开水间，我们的火车上也是。此是西方国家所没有者。

　　即使在台湾，每个家庭皆有一种日制如象牌的热水瓶——虽非大陆所习见的传统热水瓶——以备随意可取饮用之热水。

　　此种对热水的依赖，或在于对一种文明人烟的渴望保有，亦即对荒凉之不愿受制。

　　西方人，比较起来，不那么怕荒凉。

　　泡面之发明，益发显出热水之大要。立然连热咸的汤汁也有了。且看这节车厢有一二十人捧着注满热水的碗面自我身旁临深履薄地经过。显然，大伙如今不怎么携带窝窝头、烧饼、馒头等干粮旅行了。

　　厕所前，有两个人在排队。吃完饭后总是如此，飞机火车皆然。不论中外，人皆是口腔通肛门的动物。旁边两车接缝处有两人在抽烟，着改良解放装者神情简淡老实，着西装而袖口上牌标犹留者神色多闪、身骨晃浮，一下拍拍裤角，一下又看看手表。近年大陆上服装显示人的情思品流原概如此。

随着夜色愈深，那些会生出热闹音响如嗑瓜子声、剥花生壳声愈来愈少，而静幽的消遣则愈形需要；张三看完的报纸，李四也看过了，王五见其躺在几上便取来看，而早有多人于高枕之时在读他们备就的杂志。

睡我上铺（硬卧有三层）的，换就了棉毛裤，捧着茶站在走道上，一副准备就寝前再稍做闲适一阵的怡然模样，只差没再哼个两句戏文。他微胖、略秃、面红（没喝酒前已然），有点拿破仑味道，又有点潍坊员外气象。突然车又停站，我随着五六人下到月台，站在车门旁抽烟。有一个人故意大口吸吐，令车掌看见，譬似他适才在车厢抽烟受车掌制止。众吸烟者返回车上，皆不约而同登铺睡觉，包括我在内。我见着很感有趣，岂不像当兵时不吃它一漱口缸泡面不愿赴哨站卫兵？

　　醒来时，窗外一片黑，看表，才三点。再眯起眼。不知过了多久，听到有人起身穿鞋，整理行李，接着车速慢了下来，丹阳到了，一看表，四点，天尚未亮，江南之初冬倍显清冷沁人。自床上下来，坐在走道凳上，望着窗外偶尔出现的亮光处——水塘、小河——颇有幽情，竟不愿返床再睡。不久抵常州，又有几人静静地提着行李轻捷地下车，伴着三两人的鼾声，真显旅意。当他们在清冷日光灯下的月台提着行李步行，火车缓缓移动，渐渐远去，如此看过去，竟是莫名的依依。

刊一九九九年十二月二日

《中国时报·人间副刊》

我是如何步入旅行或写作什么的

我原来不是想去旅行什么的，是我大半生没在工作岗位上，于是东跑西荡，弄得像都在路上，也就好像便如同是什么旅行了。

至于我为什么没上班，也可以讲一讲。因为爬不起来。我那时（年轻时）晚上不肯睡，晚上，多好的一个词，有好多事可以做，有好多音乐可以听，好多电影可以看，好多书可以读，好多朋友可以聊天辩论，有好多梦可以编织，于是晚上不愿说睡就睡。而早上呢，没有一天爬得起来。即使爬得起也不想起，因为梦还没做完。

还有，不是不愿意上班，是还不晓得什么叫上班。因为二十世纪六七十年代台湾的"上班"面貌，老实说，很荒谬；且看那年代的电影中凡有拍上班的，皆不知怎么

拍，也拍不像。何也？乃没人上得班也。当然也就没有人会演上班。及于此，你知道台湾那时是多好的一块天堂，是水泥沥青建物下的大溪地；人散散漫漫，荡来荡去，是很可以的。荡进了办公室，说是上班，也是可以的。至于上出什么样的班来，那就别管了。所以我呢，打一开始也不大有上班的观念。后来，终于要上班了，也坐进办公室了，我发现，不知道干什么事好。再观看别人，好像也没什么不得了的公在办。便这么，像是把人悬在办公室里等着去学会如何上班。正因为这样，你开始注意到台湾的办公室空气不够（还说成是"中央空调"云云）、屋顶太矮、地方太挤（大伙儿相距极紧极近，每个人能有自己思想的空间吗？）。

　　我固然太懒，但即使不懒，以上的原因足可以使我这样的人三天两天就放弃。

没学会上班

倒不是原则上的不想上班，是还不想在那个时候上班。心想，过些日子才去开始上班。只是这过些日子，一过便过了好多好多年。

另就是，心目中的上班，如同是允诺每天奔赴做同一件事。这如何能贸然答应呢？我希望每天睁开眼睛想做什么就做什么。想转搭两趟公交车去市郊看一场二轮电影便兴冲冲地去。想到朋友家埋头听一张他新买到的摇滚唱片便兴冲冲地去了。想与另外三个兴致高昂的搭子一同对着桌子鏖战方城来痛痛快快地不睡觉把这个（或两三个）空洞夜晚熬掉，便也都满心地去。

便是有这么多的兴致冲冲。

终至上不得班。

另者，不愿贸然投身上班，有不少在于原先有十多年的学校之投身，甚感拘锁，这下才刚脱缰，焉能立刻又归营呢？

当然，每天一起床就去做自己最想做的事，看起来应该是最快乐的了；然愈做往往会愈窄，最后愈来愈归结到一二项目上，便也像是不怎么特别好玩了，甚而倒有点像上班了。人们说武侠作家很多原先是迷读武侠小说者，废寝忘食，后来逐而渐之，索性自己下手来写。喜欢唱戏的，愈唱愈迷，在机关批公文也自顾自哼着，上厕所也晃着脑袋伴随噼里啪啦屁屎声还哼着，终至不能不从票友而弄到了下海。

每天一起床，其实并没奔赴自己最想做之事，只是不去做不想做的事罢了。就像一起床并不就立刻想去刷牙洗脸一样。若不为了与世相对，断不愿刷牙洗脸也。

懒，是我这辈子最大的缺点，也可能是这辈子我最大的资产。因为懒，太多事皆没想到去弄。譬如看报，我从没有看报的习惯（当然更不可能一早去信箱取报纸便视为晨起之至乐）。不但不每日看，也不几个月或几年看一回。倘今天心血来潮看了，便看了。没看，断不会觉得有什么遗漏之憾。有时，突然想查一些旧事了，到图书馆找出几十年前的旧报纸，一看竟是埋头不起，八小时十小时霎时飞过。这倒像是看书了。我对当日发生的事情，奇怪，不怎么想即刻知道。

我对眼下的真实，从不想立时抓住。我总是愿意将之放置到旧一点。

但不想每天时候到了便去摸取报纸的真正理由，我多年后慢慢想来，或许是我硬是不乐意被这小小一事（即使其中有"好奇"的廉价因素）打坏了我那原本最空空荡荡的无边自由。

于自由之取用

可以那么样的自由吗？有这样的自由的人吗？

我躺在床上，跷着脚，眼望天花板。原本是睡觉，但睡醒了，却还未起床，就这么望着天花板，若一会儿又困了，那就继续往下睡。反正最后还是睡，何必再费事爬起来。

出门想吃早饭，结果一出去弄到深夜才回家。接着睡觉。第二天又在外逛了一天。傍晚有一个人打电话来，说这两天全世界都在找我，却打电话怎么也找不到我。乃我没有答录机，也没有手机，所以他们急得要命时，我却一点没感觉。

当他们讲出找我的急切因由时，我听着很不好意思，也很心焦，当时亦深觉抱歉，差一点认为应该要装设答录机甚至手机了。但第二天又淡却了这类念头。

倒不是为了维护某份自由，不是。是根本没去想什么自由不自由。

　　每天便是吃饭睡觉。想什么时候吃什么时候睡，就何时吃与睡。单单安顿这吃饭睡觉，已弄得人糊里糊涂，别的事最好少再张罗。吃饭，是在外头；睡觉，是在深夜，办这两件事时皆接不到电话。这两件事之外，其他皆不是事；如看报啦，看电影啦，与人相约喝茶喝咖啡喝酒啦，买东西啦，等等，都容易伤损吃饭与睡觉，故不宜太张罗。

　　只有极度的空清、极度的散闲，才能获得自由，且是安静的自由。

　　像远足（hiking）便不行，它像是仍有进度、仍有抵达点。必须是信步而行，走到哪里不知道，走到何时不知道，那种信步而行方能获得高品质的自由、心灵安静下深度满足的自由。寻常人一辈子很有效率、很努力、很有成就地过日子者，不可能了解前述的"自由"。

　　像现下这一刻，深夜三点半，我刚自一书店逛完出来，肚子饿了；我想吃的早点——豆角包子与韭菜包子，再带一碗绿豆稀饭这种北方土式口味——要到五点多才开，怎么办？我绝不会就近在7-Eleven买点什么打发，我会熬到五点多然后很完备地吃上这顿早点。

太自由了。真是糟糕。我竟然不理会应该马上睡觉、第二天还有事等可能的现实必须。然我硬是如此任性。人怎么可能那么闲？

我对自由太习惯去取用，于是很能感受那些平素不太接获自由的人们彼等的生态呈现。

因为只顾自己当下心性，便太多名著因自己的不易专注、自己的不堪管束而至读没几页便搁下了。

固然也是小时候的好动，养不成安坐书桌的习惯，听墙外有球声嬉闹声早奔出去了。

我固也能乐于偶尔少了自由，像当兵、像上班、像催促自己赶路、像逼自己完成一篇稿子，等等。然多半时候，我算是很散漫、很懒惰、很不打扫自我周遭的一种姑且得取自由者。

　　但这也未必容易。主要最难者是要有一个自由且糊涂的家庭环境，像一对自由又糊涂的爸爸妈妈，他们不管你，或他们不大懂得管你的必要。当然，不是他们故意不爱管，而是他们的时代要有那股子马虎，他们的时代要好到、简洁到没什么屁事需要去特加戒备管理的。

　　这种时代不容易。有时要等很久，例如等到大战之后。

　　这种时代大约要有一股荒芜。在景致上，没什么建设，空洞洞的，人无啥积极奔赴的价值。在人伦上，没什么严谨的锁扣，小家庭而非三代同堂，不需顾虑伯伯、叔叔等分家分产之礼法。在地缘上，微有一点僻远，譬如在荒海野岛，与礼法古制的中心遥遥相隔，许多典章不讲求了，生活习尚亦可随宜而制，松松懈懈、愉愉快快，穷过富过皆能过成日子。因太荒芜，人们夜不闭户。因太荒芜，小孩连玩具亦不大有，恰好只能玩空旷，岂不更是海大天大？

从无到有之所见

我是在二十世纪五十年代度过我的童年时光的，故举凡五十年代的穷澹与少颜色，颇会熏染着我很长很深一阵子。那是二十世纪的中段，是战后没太久，彼时弥漫的白衬衫、黄卡其裤这类穿着，可能我一辈子亦改不了。

早先没有电视，一九六二年始有。电话亦极少人家有。

先是全是稻田，其间有零星的农家三合院。所谓田野，是时在眼帘的。

孩童的自己设法娱乐，像抓着陌生人衣角混入影院观影。

自求多福（偷鱼卖、赌圆牌卖钱）。

自由找事打发精力时间。故发展出许多无中生有的想象力。

大多是矮房子。后来才有公寓，继而有电梯大楼。

　　小学生常有赤脚者。那时的仁爱学校（是的，正是今日东区的仁爱小学），窗外极空旷，先是操场，操场后是一望无际的农田与三两户农家，学生自草坡农家赤脚上学，上了一两堂，没意思了，便自然而然地回家了（譬似想起了家里的牛，他心中未必有逃学之念）。不久，远远可见其母打着骂着，他则躲着奔着，一步步由远至近走回校来。这一切，完全无声，一个长镜头完成。

人生与电影相互影响

　　我们并没有太多儿童片可看（正如我们没像今日孩子有恁多玩具一般），故我们所观电影，便自然而然是大人看的电影。《美人如玉剑如虹》（Scaramouche），虽有"剑"，但更多"美人"，其实是大人看的电影。《原野奇侠》（Shane），片中虽有小孩，我们才不管他，我们想看的是枪战，此片当然也是大人看的电影。

你看什么电影，显示出你的人生。

你是什么生活下的人，也造成你会选哪些电影看。

直到今日，我仍希望每几个星期看一场电影院里的日本古装片，像《宫本武藏》（稻垣浩的或内田吐梦的）或《新平家物语》（沟口健二），或《夺命剑》（小林正树）这一类。或每几星期看一部美国西部片。何也，小时欣赏所好的一径延续也。这类故事充满着英雄，对小孩的想象世界甚有激励，有些固执己念的小孩甚至更盼想自己将来要如何如何。我从来不想念幼时所观的武侠片，乃太劣质、太接近也太不英雄感了，这便如同你所见身旁、街坊之人总觉太过市井小民之现实，你很难把他们放在眼里似的。

独处与群聚

人生际遇很是奇怪，我生性喜欢热闹、乐于与人群相处，却落得多年来一人独居。我喜欢一桌人围着吃饭，却多年来总是一人独食。不明内里的人或还以为我好幽静，以宜于写作，实则我何曾专志写作过？写作是不得已、很沉闷孤独后稍事抒发以致如此。

若有外间热闹事，我断不愿静待室内。若有人群活动，我断不愿自个一人写东西。

因此，我愈来愈希望我所写作的，是很像我亲口对友朋述说我远游回乡后之兴奋有趣事迹，那种活生生并且很众人堪用的暖热之物，而不是我个人很清冷孤高的人生见解之凝结。

倘外头有趣，我乐意只在睡觉时回家。就像军队的营房一样，人只在就寝前才需要靠近那小小一块铺位。

显然，我的命并不甚好，群居之热闹与围桌吃饭之香暖竟难拥得。或也正因如此，弄得了另外一式的生活，便是写作。不知算不算塞翁失马？

终于，往写作一点点地靠近了

我在最不优美的年代（二十世纪七十年代）的最不佳良地方（台湾）濡染成长，致我之选取人生方式不自禁会有些奇诡，以是我也会逃避，终于我像是要去写作了。二十世纪七十年代，我所谓的最丑陋的年代，几乎我可以看到的世相，皆令我感到嫌恶，人只好借由创作去将之在内心中得到一袭美化。

欲满获想要创作的某种感觉，连白天也想弄成黑夜。太光亮，不知怎么，硬是教人比较无法将感觉沉沦至深处、沉沦至呼之欲出。

便此增加了极多的熬夜。

另一种把白天弄成黑夜的方法，是下午便走进电影院。

中年以后，要教自己白天便钻进电影院，奇怪，做不到了。

及于写作，于我不唯是逃避，并且也是我原所阅读过的小说、散文等并不能打动我。他们所写的，皆非我亟想进入之世界；他们所写的，亦非我这台湾生长的孩子自二十世纪五十年代看至二十世纪七十年代所累蕴心中的悲与苦、乐与趣等堪可相与映照终至醒人魂魄动人肺腑者。终于我只能自己去创想另一片世界。这如同人们盛言的风景，你发现根本不合你所要，你只好继续飘荡，去找取可以入你眼的景色。我一生在这种情况下流浪。

一直到几年前，我都始终还没有把自己当成是一个"作家"。看官这一刻突然听我如此说，或觉诧异，然真是如此。几年前我们开高中同学会，多半同学还不知道我是个写东西的，我自己也不认为是。

主要我年轻时并没以作家为职志。虽我也偶写点东西。再就是，写得太少，称作家原就丢人，何必呢？最主要的，其实是自己心底深处隐隐觉得：倘人够牛，是作家不是作家压根不重要。

便这最后一项，直到今天我仍这么认为。尤其是活得好、活得有风格，做什么人都好。是作家亦好，不是作家也一样好。

乃在人不该找一个依仗：不管是依仗名衔（如作家、教授、部长、总经理、某人的小孩），抑或是依仗资产（如八千万、一亿，如几万亩地，如身上的珠光佩饰），皆是无谓事，并且益发透露其自信之不够。

又睡觉的韵律，亦孤立了我的作息。怎么说呢？譬如今日睡得极饱，至中午醒来，至夜阑人静时，所有的地方皆已打烊，全市已无处可去，我也赶最后一班公车回到了家里，这时候呢，良夜才始，人犹不感困，又有一腔的意念想发，于是东摸摸、西摸摸终弄到索性在纸上写一点什么，写着写着便终于成为写东西了。

这说的是三十年前。

另就是，二十世纪七十年代是最好的聊天的年代；并且，那时候台湾可能也是全世界聊天最好的地方；须知美国便不是。因有聊不完的话题，有聊不完的电影与创作观念，还有多之又多、毫不感腻的各方朋友，便此造成台北竟是一块几乎算是最能激励创作的小小天堂了。至少我的创作与聊天甚有关系。我愈是在最后一班公交车前聊天聊至热烈，愈是会在回家后特别有提笔写些什么之冲动。譬似那是适才汹涌狂论之延续。

人和人能讲上话，并且讲得很富变化、很充满题材，这是多美的事。有的人一辈子不聊天，他的情思如何宣吐？有的人只爱听，不发表自己言论；亦有人抢着讲，不听别人说。这是较怪的，或许称得上是过度幽闭下的精神官能症。

赌徒

有时蓦然回首看自己前面三十年，日子究竟是怎么过过来的，竟自不敢相信；我几乎可以算是以赌徒的方式来搏一搏我的人生的。我赌，只下一注，我就是要这样地来过——睡。睡过头。不上不爱上的班。不赚不能或不乐意赚的钱。每天挨着混——看看可不可以勉强活得下来。那时年轻，心想，若能自由自在，那该多好，即使有时饿上几顿饭，睡觉只能睡火车站，也认了。如今五十岁也过了，这几十年中，竟然还都能睡在房子里，没睡过一天公园，也不曾饿过饭，看来有希望了，看来可以赌得过关了，看来我对人生的赌注下在胡意混自己想弄的而不下在社会说该从事的，有可能是下对了。虽然下对或下错，我其实也不在乎。行笔至此，怎么有点沾沾自喜的骄傲味道。切切不可，忌之戒之。倒是可供年轻人有意坚持做自己原意必做之事的浅陋参考也。

有人或谓，当然啊，你有才气，于是敢如此只是埋头写作，不顾赚钱云云。然我要说，非也。我那时哪可能有这种"胆识"？我靠的不是才气，我靠的是任性，是糊涂。但我并不自觉，那时年轻，只是莽撞地要这样，一弄弄了二三十年。

只能说，当时想要拥有的东西，比别人要缥缈些罢了。

好比说，有些人想早些把房子置买起来，有些人想早些把学位弄到，有些人想早些在公司或机关把自己的位置安顿好。而我想的，当年，即使今日，全不是这些。

十多年前，有个朋友与我聊起，他说："有没有想过，倘有一个公司愿请你担当某个重任，如总经理什么的，年薪六百万之类，但必须全心投入，你会去吗？"我说："这样的收入，天价一般高，我一辈子也不敢梦见，实在太可能打动我了，但我不会去。为什么？因为我在这工作了十年，不过六千万，六千万在台湾，买房子还买不到像样的；若是不买房子，根本用不了那么多的钱；六千万若拿来花用，享受还只是劣质的。故这六千万，深悉台湾实况的人，根本不用太看得上眼。更主要的，我会想，我的四十五岁至五十五岁这十年，是一生中最宝贵、最要好好抓住的十年，我怎么会轻易就让几千万给交换掉呢？"

　　时光飞逝，转眼又是十年。我今天想：我的五十五岁至六十五岁的这十年，因更衰老了，更是一生中最宝贵、最要好好抓住的十年，更不会做任何的换钱之举了。

　　钱，是整个台湾最令人苦乐系之悲欢系之的东西；我这么穷，照说最不敢像前述的那么大言不惭，也非我看得开看得透，这跟不洗澡一样，你只要穷惯了脏惯了，并一径将那份糊涂留着，便也皆过得日子了。我常说我银行存款常只有一千多元，这时我注意到了，接着两三天会愈来愈逼近零了，然总是不久钱又进来了。我总是自我解嘲，谓："人为什么要把别人的钱急着先弄进自己的户头里？为什么不能让他人先替你保管那些钱？"

　　倒像是某首蓝调的歌名所言：I love the life I live, I live the life I love.（我爱我过的生活，我过我爱的生活。）

　　人有时要任性，任性，任性。如今，已太少人任性了。一点也不任性的人，随时都在妥协、随时在抑制自己，其不快或隐忍究竟能支撑多久？

自己要做得了主。

不会人云亦云，随波逐流。不会时间到了叫吃饭就吃饭、叫洗澡就洗澡，完全不倾听自己的灵魂深处叫唤。不会睡觉睡到没自然足够便爬起来。睡眠是任性的最佳表现，人必须知道任性的重要。岂不闻日谚："愈是恶人，睡得愈甜。"吾人有时亦须做一下恶人。

近时有读者问起我的过日子、我的游历、我写东西种种，口头上演讲我亦答了一些，今日在此索性多谈一点，遂成了这篇稿子。

刊二〇〇七年五月二十九、三十日

《联合报》